Passion en Croatie

JESSICA GILMORE

Passion en Croatie

Traduction française de
BARNABÉ D'ALBES

AZUR

HARLEQUIN

Collection : Azur

Titre original :
MEDITERRANEAN FLING TO WEDDING RING

HARPERCOLLINS FRANCE
83-85, boulevard Vincent-Auriol, 75646 PARIS CEDEX 13
Service Lectrices — Tél. : 01 45 82 47 47 - www.harlequin.fr
ISBN 978-2-2804-7542-6 — ISSN 0993-4448

Composé et édité par HarperCollins France.
Imprimé en mai 2022 par CPI Black Print (Barcelone)
en utilisant 100% d'électricité renouvelable.
Dépôt légal : juin 2022.

FSC
www.fsc.org
MIXTE
Papier issu de sources responsables
FSC® C159065

Pour limiter l'empreinte environnementale de ses livres, HarperCollins France s'engage à n'utiliser que du papier fabriqué à partir de bois provenant de forêts gérées durablement et de manière responsable.

1.

Un rayon de soleil filtra par le rideau pour venir caresser le front de Lily. Maugréant dans son sommeil, elle se retourna sur le matelas. Un matelas tout simple, très différent de la luxueuse literie à laquelle elle était habituée. Lentement, elle ouvrit les yeux. Les draps en coton bon marché n'avaient rien de semblable non plus avec sa couette en soie, et pourtant… Il y avait des mois qu'elle n'avait pas si bien dormi !

Laissant les zébrures mordorées guider ses pas dans la pièce, et surmontant la sensation de froid provoquée par les dalles sous ses pieds, elle se dirigea prudemment vers la fenêtre pour ouvrir les volets. Aussitôt, un soleil olympien l'accueillit, aveuglant dans le bleu du ciel, sublime. Éblouie, Lily battit des cils en emplissant ses poumons d'air pur.

Au-delà de la promenade s'étendait une longue plage de sable, déserte. À sage distance des vagues et de l'écume, au-dessus de la mer translucide, quelques oiseaux marins associaient leurs cris au ressac.

La lumière était tellement radieuse que Lily eut l'impression d'en être transpercée. Pour la première fois depuis le jour fatal, le poids qui comprimait sa poitrine parut se soulever. Peut-être parce qu'en Angleterre, trois mois durant, la pluie n'avait jamais cessé ; parce que, telle une somnambule, elle avait traversé, inexorablement, une même et longue journée toute grise…

Or, soudain, plus rien n'existait que le bleu d'azur face à elle, la généreuse tiédeur de l'air et l'insolente beauté de cette île de Croatie ! Lily sourit en savourant encore les effluves maritimes, chauds et iodés. Il faisait déjà nuit lorsqu'elle était arrivée, la veille. Son avion ayant été retardé, il avait été d'autant plus long de franchir la douane à l'heure de pointe, puis de trouver un taxi. Éreintée par ce voyage, elle n'avait guère aperçu quoi que ce soit par les vitres de la voiture. Même l'ultime étape dont elle se réjouissait à l'avance, la brève traversée en hors-bord jusqu'à l'île, fut gâchée par sa fatigue et l'opacité de la nuit.

D'où l'effet prodigieux de cette vision paradisiaque dès le réveil : un espoir et une énergie tout neufs s'animaient en elle ! Après avoir longuement admiré la vue, elle se décida à passer dans la salle de bains. Une longue douche chaude effaça les dernières traces de son pénible périple et, après avoir enfilé un jean et un T-shirt, elle releva ses cheveux encore mouillés en chignon.

D'un pas joyeux, elle descendit l'escalier de la villa pour traverser le rez-de-chaussée encore vide. D'ici quelques semaines, toutefois, il grouillerait de monde, car l'établissement afficherait complet toute la belle saison. Il lui reviendrait, avec son équipe, de veiller à la satisfaction des clients, de faire en sorte qu'ils ne manquent de rien et qu'ils repartent avec la certitude de revenir l'année suivante.

Comme elle passait devant le comptoir de la réception, elle éprouva une vague angoisse. Difficile de croire qu'une semaine auparavant elle était encore Me Lily Woodhouse, avocate dans l'une des études les plus réputées de Londres, travaillant soixante heures par semaine et ignorant le sens du mot « vacances ». Quelle légitimité avait-elle pour diriger un bed & breakfast dans un pays où elle mettait les pieds pour la première fois de sa vie et dont elle ne connaissait pas la langue ? Le tout sur une île minuscule complètement à l'écart de la civilisation, excepté le petit ferry assurant la liaison avec Dubrovnik trois fois par jour et les vedettes privées coûtant les yeux de la tête ?

Refoulant le début de panique qui la gagnait, Lily reprit ses exercices de respiration tout en répondant calmement, une par une, aux questions affolées de sa conscience. Voyons, du calme. D'abord, elle avait le temps de prendre ses marques avant les premières arrivées. Ensuite, elle ne serait pas seule mais entourée d'un personnel expérimenté. Et puis rien n'était insurmontable avec de la bonne volonté et de l'énergie dans le travail ! Aujourd'hui, elle n'avait pas à songer à ses futures responsabilités. La journée était vouée à l'exploration, au loisir.

Rassérénée, elle franchit le seuil de la grande porte d'entrée et sortit aussitôt ses lunettes de soleil de son sac. En fait, constata-t-elle, la vue depuis la fenêtre de sa chambre ne rendait pas justice à la splendeur du paysage qui s'offrait maintenant à son regard.

La villa dominait entièrement une superbe petite baie, et sa plage de sable était exceptionnelle, sur une côte connue pour ses falaises et ses criques aux rocs acérés. Le bed & breakfast était l'unique établissement touristique de ce côté de l'île. Une bonne partie de ses recettes provenait de son café et de ses quelques chaises longues, sous les parasols dressés durant la haute saison – très prisées par les habitants de Dubrovnik. Lily n'avait jamais visité Lokvar auparavant, c'était son premier séjour en Croatie, mais elle avait vu des douzaines de photos de Fire Cove, où elle se sentait déjà comme chez elle.

Son beau-père, Josip, lui avait maintes fois décrit la maison de son enfance, et la mère de celui-ci, que Lily considérait comme sa *baka*, lui racontait toujours mille et une histoires à propos de la vie sur l'île et des clients, lors de son traditionnel séjour en Angleterre, chaque hiver. Les yeux brillants d'excitation et la voix vibrante, Marija ne se lassait pas d'évoquer cet endroit qui représentait toute sa vie. Lorsqu'elle s'engageait dans l'un de ces longs récits dont elle avait le secret, il arrivait souvent que son fils quitte le salon en levant les yeux au ciel : ayant fui le terrible conflit des Balkans pour ne jamais retourner à Dubrovnik, Josip avait pleinement embrassé sa nouvelle vie en Angleterre et tourné le dos aux beautés de son pays natal.

Lily sentit son smartphone vibrer dans sa poche alors qu'elle commençait à longer la mer, enfonçant ses tennis dans le sable. Elle s'esclaffa en voyant le nom de son beau-père apparaître sur l'écran d'accueil.

— Salut ! Il est encore très tôt pour toi, non ? demanda-t-elle, étonnée.

— Il est 6 heures, dit Josip. Mais ta mère ne pourra pas fermer l'œil tant qu'elle n'aura pas la certitude que tout va bien pour toi.

Elle haussa les sourcils.

— Comment cela ? Je vous ai envoyé un texto dès l'atterrissage, hier soir !

— Moi, je le sais, et toi aussi ! répliqua-t-il en riant. Mais tu sais bien comment est ta mère.

Lily sourit. Il y avait trente ans que Josip vivait à Londres : les vestiges de son accent croate étaient subtils. Pourtant, le cœur de Lily s'emplissait de tendresse chaque fois qu'elle les entendait. Elle aimait comme un père l'homme qui avait ramené la paix et l'équilibre dans son enfance trop turbulente. Quant à sa mère, elle aurait voulu l'accompagner, l'aider à préparer l'établissement et à le tenir en l'absence de Marija, mais elle ne pouvait concevoir de partir sans son mari, qui, lui, ne voulait – ou ne pouvait – plus revoir la Croatie. De toute façon, Lily envisageait depuis le début que cette aventure se déroule en solo, quand bien même elle aurait été heureuse que ses parents la rejoignent durant l'été.

— Eh bien, dis-lui que je vais très bien et que j'irai encore mieux quand j'aurai pris mon petit déjeuner.

— À ce propos, n'oublie pas de préparer ta commande de provisions, recommanda-t-il. Tout est livré depuis la métropole, tu dois prendre l'habitude de prévoir tes besoins. Ana te rejoindra dès demain, et elle travaille sur l'île depuis tant d'années qu'elle saura te guider en tout.

— Oui, je sais. Je suis heureuse qu'elle ait accepté de venir plus tôt pour m'aider.

En fait, la cousine de Josip aurait certainement pu gérer Fire Cove sans l'aide de personne… Mais Lily avait tellement besoin de changer de décor que, le jour où Marija avait annoncé son intention de partir tout l'été en Nouvelle-Zélande et aux États-Unis, Josip l'avait encouragée à remplacer sa mère.

— Elle ne rajeunit pas, tu sais, et elle sera rassurée de te savoir sur place. C'est une occasion à saisir : pour elle, de s'offrir enfin un beau voyage et du repos, et pour toi de te changer complètement les idées.

Certes, chaque fin d'année, Marija arrivait chez eux les traits plus marqués. Elle venait de fêter ses soixante-dix ans, et, même si elle refusait de prendre sa retraite, la charge de l'établissement commençait à lui peser.

Elle avait confié à Lily avoir reçu une offre mirobolante pour la vente du bed & breakfast. Mais l'acquéreur potentiel voulait le terrain et l'accès privé à la plage, se souciant peu de la vieille villa qui appartenait à sa famille depuis plusieurs générations.

« Il n'en est pas question, avait conclu Marija. Je veux que mon Josip revienne un jour, et ce n'est pas moi qui le priverai de son héritage. »

Lily regrettait de n'être pas venue plus tôt passer un été avec Marija. Ce n'était pas comme si la vieille dame ne l'y avait pas invitée des dizaines de fois ! Oh ! il y avait tant de choses qu'elle regrettait. Tant de chemins différents qu'elle aurait dû prendre.

Reportant son attention sur l'instant présent, elle perçut la note d'anxiété dans la voix de son beau-père lorsqu'il s'enquit :

— Qu'est-ce que tu vas faire aujourd'hui ? Après avoir pris ton petit déjeuner, bien sûr.

— Partir en exploration, me promener et dresser la liste de tout ce que j'ai à préparer, répondit-elle avec autant de légèreté que possible, afin de rassurer Josip.

Elle ne supportait plus de causer tant d'inquiétude à ses parents.

— Et puis si j'ai le temps, ajouta-t-elle, me dorer un peu au soleil !

— Eh bien, profite de tes vacances, conclut Josip. Et surtout, Lily, si tu as besoin de quoi que ce soit, n'hésite pas à nous appeler, d'accord ?

— Promis. Embrasse maman pour moi, dit-elle avant de terminer la communication.

Durant une fraction de seconde, tandis qu'elle rangeait l'appareil dans sa poche, elle eut l'impression qu'elle venait de se déconnecter d'elle-même, de sa vraie vie. Mais en réalité sa vie s'était déconnectée toute seule trois mois auparavant, à l'instant précis où elle avait reçu le coup de téléphone lui annonçant qu'Izzy, sa meilleure amie, venait d'avoir un accident et qu'elle était dans le coma. Tout son univers, tout ce qu'elle connaissait et qu'elle tenait pour acquis avait aussitôt volé en éclats, dans une impitoyable déflagration.

Lily ferma les yeux et prit une longue inspiration. Elle était ici pour repartir du bon pied, tenter de trouver un nouveau sens à sa vie. Pour commencer à mener une existence différente – et être différente. Changer. Devenir plus spontanée, savoir céder à l'impulsion : *vivre*, au lieu de planifier sa vie.

Impossible d'y parvenir en traînant sans cesse le passé tel un boulet.

— *Carpe diem* ! lança-t-elle d'un ton décidé.

C'était son nouvel adage. L'ancien – celui qu'Izzy et elle avaient adopté dès l'école primaire, lorsqu'elles faisaient la compétition pour obtenir les meilleures notes, les meilleures mentions aux diplômes, pour voir leur nom rayonner au premier rang du classement national, après le cursus universitaire –, c'était « *Veni, vidi, vici* ». Brillantes et ambitieuses, elles étaient sûres, alors, que le monde s'offrirait à leur conquête. Et il l'avait fait, jusqu'à ce que cet infâme camion tente un virage trop serré, tandis qu'Izzy écrasait inutilement les freins de son vélo : en une seconde, ses projets patiemment tissés, son talent, sa culture et ses rêves avaient été pulvérisés. Tant d'années consacrées à l'étude, au travail, à la planification de ce qu'elle ferait *après* – pour n'en connaître rien, ou presque rien.

Devant le lit d'hôpital, Lily avait solennellement promis à Izzy qu'elle allait vivre pour deux.

Restait juste à trouver comment…

À haute voix, elle répéta son mot d'ordre flambant neuf :

— *Carpe diem* !

Puis, plus fort, elle ajouta :

— Profite de l'instant présent ! Carpe diem !

Se tournant vers la mer, elle cria, chaque fois plus fort, sa formule magique, ce sésame qu'elle confiait aux vagues en espérant qu'elles lui donnent réalité.

Sur le chemin qui longeait la baie de Fire Cove, Damir s'arrêta soudain. Quelqu'un criait. Ou plutôt hurlait comme s'il avait le diable aux trousses. Il sentit l'adrénaline fuser dans son sang. Lokvar était l'un des lieux les plus paisibles et les plus sûrs de la planète, surtout en basse saison, mais hélas le danger pouvait survenir n'importe où – tout Croate le savait au plus profond de sa chair.

Sans réfléchir, il se mit à courir et dévala à toutes jambes le sentier menant à la plage. Un nageur imprudent se noyait-il ? Il pouvait s'agir aussi d'un bateau en péril : incendie de moteur, perte de contrôle du pilotage… Les pires scénarios se bousculèrent dans son imagination.

Une nouvelle fois, le cri déchirant le transperça, et il en frémit d'angoisse. Mais le seul être humain qu'il apercevait était une femme debout, lui tournant le dos, et qui n'avait aucune raison visible de se trouver en détresse.

Il fronça les sourcils et attendit. Lorsque la voix stria encore les airs, il en eut la certitude : c'était elle qui s'époumonait ainsi. Dieu seul savait ce que l'inconnue était en train de crier à l'attention des mouettes ou des algues… Gagné par le soulagement, il sourit. Elle se croyait seule et, si elle s'apercevait de sa présence, elle serait sans doute bien embarrassée ! Il était tenté de faire demi-tour en maudissant cette écervelée de l'avoir alarmé pour rien, et en même temps il n'était pas très généreux d'abandonner quelqu'un dans cet état.

Damir étouffa un juron. Il n'était pas à l'aise avec les gens à fleur de peau. Les émotions des autres le plongeaient dans une sorte de désarroi silencieux, ainsi que le lui avait reproché cent fois son ex-femme.

Par chance, la demoiselle cessa de crier avant qu'il n'ait eu à intervenir. Comme elle lui tournait toujours le dos, il était difficile de décrypter son émoi : rage, désespoir ou rire nerveux ? Il n'en savait fichtre rien, mais de toute évidence elle s'était calmée.

Oui, décidément, il aurait dû rebrousser chemin. Or il n'en fit rien. Après avoir levé un regard absent vers la villa, il fixa l'inconnue avec attention.

Le chignon d'où s'échappaient de longues mèches blondes ne lui disait rien. Il ne connaissait aucune femme ayant cette silhouette, ici : grande, avec des courbes de pin-up… Une touriste ayant eu envie de s'aventurer ici en basse saison aurait forcément réservé dans son hôtel ou au moins pris un repas au restaurant. Or aucune réservation ne figurait au registre. Quant aux autres possibilités, elles étaient réduites. Le camping sauvage demeurait formellement interdit.

Sortant son smartphone de sa poche, il appela son cousin.

— Damir ? répondit Goran d'un ton ensommeillé.

Damir lâcha un long soupir. Son cousin souffrait d'une fâcheuse tendance à se la couler douce et n'investissait son énergie que dans la préparation de soirées festives.

— Dis-moi, tu as eu des passagers, hier ?

— Non. Enfin, personne de nouveau : les habitués du marché du samedi. Mais Igor a été appelé pour une course nocturne. Une Anglaise, je crois.

— Une Anglaise ? répéta-t-il, intrigué. Où séjourne-t-elle ?

— Oh ! pourquoi moi ? Tu ferais mieux d'interroger Igor, geignit son cousin. Ah, attends… Il me semble qu'il l'a déposée à Fire Cove.

— Ah bon ? À la villa ?

— Oui, évidemment. Chez Marija. Probablement la fille de l'Anglaise avec qui Josip s'est marié. Mais Igor n'avait pas grand-chose à en dire, à part qu'elle est jolie et qu'elle paraissait épuisée. Pourquoi est-ce que tu t'intéresses tellement à elle ?

— Pas de raison précise, dit Damir.

Personne, pas même son cousin, ne devait savoir combien il convoitait la villa. Car, sur l'île, nombreux étaient les jaloux : pratiquement toute l'économie locale profitait à sa famille. Si la rumeur courait qu'il cherchait à acquérir le bed & breakfast de Marija et son accès exclusif à la seule plage véritable de Lokvar, il ferait bientôt face à une armée de candidats concurrents – et les enchères s'enflammeraient.

— Je suis juste comme Igor et toi, reprit-il d'un ton détaché. La présence d'une jolie touriste toute seule me surprend… On n'en voit pas beaucoup, à cette époque de l'année.

— Si c'est bien la fille de Josip, ce n'est pas une touriste, objecta Goran. Elle est des nôtres.

— Oui, c'est vrai. Tu as raison. D'ailleurs, je vais aller lui souhaiter la bienvenue. Merci.

Après avoir raccroché, Damir se retourna vers le sentier qu'il avait emprunté depuis la côte pour descendre au cœur de la baie. Ici, le sable était fin, doux sous les pieds, et la pente vers la mer, progressive. Coupée du reste de l'île, à l'abri, c'était la plage idéale pour les touristes en quête de siestes au calme et de baignades dans une mer d'huile. On imaginait aisément un club de voile et un bar chic où recevoir, en soirée, les milliers de visiteurs qui se pressaient tous les ans sur la Riviera de Dalmatie.

Certains ne restaient sur les îles qu'une journée, mais la clientèle recherchait de plus en plus le petit coin de paradis où séjourner pour de longues vacances. Les amateurs de navigation appréciaient particulièrement ces coins où la mer semblait apprivoisée.

Damir possédait le seul hôtel de l'île, ainsi qu'à peu près tous les appartements ouverts à la location saisonnière, le meilleur restaurant et le café du port. Sans compter les autres commerces : l'enseigne du glacier, la boulangerie et la supérette.

Ce n'était pas grand-chose, comparé à ses propriétés de Dubrovnik et l'ensemble de son parc immobilier en Dalmatie, mais Lokvar occupait une place particulière dans le cœur de Damir. Il était d'ici, comme son père et son grand-père, et il s'était promis de faire rayonner le nom de Kozina sur l'île, afin de réaliser les rêves de sa famille – brisés par des années de conflit armé. Cette promesse lui avait déjà coûté son mariage, et pourtant il était en bonne voie de la tenir. Il ne lui restait qu'à acquérir le bed & breakfast.

Car, avec la jouissance exclusive de la plage, le propriétaire de la villa pouvait faire de cette baie un joyau de la côte. Marija avait toujours voulu conserver à son établissement sa simplicité : les chambres étaient modestes, le bar, de proportions réduites, et elle limitait l'exploitation de la plage à quelques chaises longues. Le projet de Damir s'avérait bien plus excitant. Il ferait de Fire Cove une oasis de luxe et de volupté, l'incontournable point de chute d'une jet-set triée sur le volet : avec la flambée de l'immobilier à Dubrovnik et la présence permanente, depuis quelques années, des stars venues de toute l'Europe pour le tournage des films et des séries, il était certain de transformer cette baie en lieu de légende.

Malgré son énergie, Marija n'avait plus l'âge de diriger un établissement de tourisme, et Josip était installé en Angleterre depuis plusieurs décennies : le moment semblait bien choisi pour faire une offre, seulement… Avec sa forte personnalité et son caractère de lionne, Marija le faisait attendre. Lorsqu'il s'était décidé à l'aborder, elle avait demandé un an pour y réfléchir.

Une année pendant laquelle les cotes immobilières continueraient de s'envoler, songea sombrement Damir. Si seulement il pouvait rallier le reste de la famille à sa cause ! Hélas, il ne connaissait pas Josip personnellement. Celui-ci avait certes été un ami de son père. Ensemble, ils avaient défendu Dubrovnik durant le siège, au début des années 1990. C'était si loin ! Leur amitié s'était dissipée quand Josip avait quitté le pays. Puis son père était mort… Non, décidément, Damir ne pouvait pas espérer de Josip qu'il se montre fidèle à une complicité si ancienne.

Sa fille, ou plutôt sa belle-fille, n'était peut-être venue que pour un ou deux jours, afin d'évaluer la propriété familiale ? Ou bien pour prendre des vacances avant l'arrivée des touristes ?

Se rappelant les cris déchirants de la jeune femme, Damir hésita. Mais il avait une promesse à tenir, une mission à accomplir, et cette demoiselle pouvait représenter la passerelle vers la réussite. Impossible de négliger cette piste.

Aussi, l'heure était venue de lui prouver combien les autochtones savaient se montrer accueillants avec les étrangers.

2.

Lily s'était salement enflammé la gorge, mais pour la première fois depuis des mois, à défaut d'être libre, elle se sentait *légère*. La maudite chape de chagrin et de rage qui l'écrasait de tout son poids consentait enfin à la quitter un peu !

Les auteurs de ce miracle n'étaient autres que le soleil de Croatie et son immense ciel azuré, le mélange de fraîcheur et de douceur dans la brise qui caressait sa peau.

Elle bloqua l'air marin dans ses poumons avant de le relâcher lentement. Ce nouveau départ correspondait exactement à ce dont elle avait besoin. Comme d'habitude, Josip avait eu raison. Changer de décor, relever un nouveau défi, s'accorder une chance de savoir qui elle était lorsqu'elle ne planifiait pas tout : c'était la marche à suivre.

Quoique intimidante, la perspective s'avérait engageante : elle allait pouvoir honorer son serment de vivre pour deux, de remplir son existence pour elle *et* pour Izzy.

Passant une main sur la poche de son jean, elle sourit. Loin de ses tailleurs de parfaite lady londonienne, de la somptueuse garde-robe de son appartement, elle portait en cet instant le seul uniforme qu'elle aurait à connaître cet été. Adieu, les escarpins italiens, adieu, les correspondances bondées dans le métro du matin et les journées de seize heures !

Son estomac se mit à gargouiller, lui rappelant qu'elle avait à peine mangé la veille et qu'elle avait faim. À regret, elle se résolut à quitter provisoirement la plage, la majesté de la mer et l'ensorcelante mélodie des vagues pour se diriger vers le petit village.

— Vous vous sentez bien ? s'enquit une voix masculine derrière elle.

En faisant volte-face, Lily brandit machinalement son smartphone. Réflexe stupide, songea-t-elle aussitôt. Qu'allait-elle faire ? Appeler Scotland Yard ? Non seulement elle ne parlait pas le croate, mais elle ignorait tout du fonctionnement des services d'urgence dans ce pays, a fortiori sur une île.

— Excusez-moi, reprit l'homme en approchant. Je n'avais pas l'intention de vous effrayer. Mais j'ai cru que vous étiez en détresse et je voulais m'assurer que tout allait bien.

Cet accent était le même que celui de son beau-père, et, dans le regard sombre de l'inconnu, elle perçut de la sincérité.

— Ah. Je vous remercie. Oui, je vais bien. C'est très aimable à vous de vous en être assuré, balbutia-t-elle, sur la défensive.

Qu'avait-il entendu, au juste ? Depuis combien de temps était-il sur la plage sans qu'elle s'en doute ? De plus en plus troublée, elle se sentit rougir. Elle avait dû passer pour une démente !

— En fait, expliqua-t-elle, je pratiquais un… euh… un simple rituel thérapeutique.

Ce n'était pas exactement un mensonge. La pratique du cri primal faisait partie des très nombreuses suggestions que lui avaient faites ses amis et ses collègues au cours des trois derniers mois : boxe, psychothérapie, yoga, bain chaud et bain glacé, adoption d'un animal de compagnie, lecture de poésie… Chacun y allait de son remède miracle pour la guérir de son chagrin, mais à la vérité Lily n'était pas prête à guérir. Que se passerait-il lorsqu'elle serait délivrée de ce manque si cruel ? Est-ce que le souvenir d'Izzy la quitterait en même temps que la tristesse ? Elle ne voulait pas lui dire adieu. Pas encore, pas maintenant… peut-être jamais.

Face à elle, l'inconnu haussait les sourcils, visiblement désarçonné.

— Un *rituel thérapeutique* ? répéta-t-il.

Elle acquiesça.

— Il paraît que ça vous déleste de toutes vos toxines négatives.

Cet éclairage ne parut guère le convaincre.

— Ah… Et vous commencez toujours la journée comme ça ? demanda-t-il.

— Non, c'était la première fois, soupira-t-elle, légèrement agacée. Voyez-vous, j'habite à Londres et, bien que les Londoniens aient la réputation de ne jamais se mêler de ce que font les autres, je doute fort que mes voisins me laisseraient leur infliger ce type de réveil. Mais ici on a tellement d'espace pour ne déranger personne… Je croyais être *absolument seule*.

Elle insista sur les deux derniers mots, espérant que l'inconnu comprendrait le message. Hélas, bien planté face à elle dans le sable, l'homme lui tendit la main.

— Je m'appelle Damir, annonça-t-il.

Oh ! bon sang, non ! Ne pouvait-il pas s'en aller et la laisser tranquille ? Surmontant son humeur, elle se rappela soudain que l'île était peuplée de trois cents âmes en résidence principale : mieux valait qu'elle se montre un tant soit peu civilisée avec les gens, si elle comptait passer l'été ici. En outre, elle représentait Marija.

Aussi, elle se décida à renvoyer la courtoisie à l'envahisseur trop curieux – sous une forme minimale.

— Enchantée. Lily Woodhouse, dit-elle en se gardant de lui serrer la main.

Polie, oui. Amicale, non. Allait-il saisir la nuance ?

Dans un geste d'un flegme étonnant, le dénommé Damir rangea sa main le long de son corps et ignora sa rebuffade. Quel sang-froid olympien ! Est-ce que rien ne troublait jamais cet étrange personnage ? Lily n'avait jamais rencontré quelqu'un qui ait l'air aussi bien dans sa peau. Aussi détendu.

Elle l'étudia plus attentivement. Grand et mince, quoique carré au niveau des épaules, il devait avoir à peine quelques années de plus qu'elle : dans les trente ans. Son jean brut et sa chemise blanche à manches courtes étaient simples mais remarquablement bien coupés, observa-t-elle de son œil expert en la matière. Il avait la peau bronzée, les avant-bras musclés. Ses cheveux d'un noir brillant caressaient son col – plus longs que la coiffure masculine typique des citadins qu'elle fréquentait. Et il n'arborait pas non plus le rasage impeccable des cadres supérieurs : voilé de gris, son menton carré attira l'attention de Lily sur l'harmonie de son visage ciselé. Grand front lisse, nez droit, pommettes hautes, mâchoire très dessinée et lèvres ourlées. Presque aussi foncés que ses cheveux, ses yeux avaient le même brun qu'un chocolat onctueux. Tandis qu'elle le contemplait, elle se rendit compte que son sourire en coin possédait un je-ne-sais-quoi d'outrageusement sexy.

Oui, c'était un homme séduisant.

Une boule de chaleur se forma inexplicablement au creux de son ventre. La dernière chose que Lily recherchait en ce moment, c'était un flirt ! Toutefois, son corps réagissait sans ambiguïté au charisme de l'inconnu.

— Bienvenue à Lokvar, Lily Woodhouse, reprit Damir en souriant. Vous comptez séjourner parmi nous un moment ?

Son hésitation fut de courte durée. Sur une si petite île, tout secret devait être vite éventé, et du reste sa mission n'en était pas un : mieux valait que la population sache qu'elle remplaçait sa grand-mère.

— Oui, tout l'été.

Elle désigna du doigt la villa pour préciser :

— Je m'occupe du bed & breakfast de Marija.

— Ah ! Vous devez être la fille de Josip ?

— Oui, répondit-elle.

Inutile de corriger Damir. À ses yeux, Josip était pleinement son père.

— Marija est très respectée ici, reprit-il. Elle nous manque beaucoup. J'espère qu'elle va bien… ?

La lueur chaleureuse qui brillait dans le regard de Damir fit en partie tomber ses réserves.

— Très bien, oui. Elle vient de passer de merveilleuses vacances en Nouvelle-Zélande, et en ce moment elle est aux États-Unis, en route pour Nashville.

Parler de sa *baka* lui réchauffait le cœur. Elle était si heureuse que la vieille dame soit en train de découvrir d'autres continents, de s'offrir l'exotisme des voyages auxquels elle avait tant rêvé !

— Je vois. Et elle vous a chargée de la responsabilité des lieux, si je comprends bien ? Quelle mission… Vous avez l'habitude de travailler dans l'hôtellerie ou la restauration ?

— Je suis avocate, avoua-t-elle.

Devant l'expression ahurie de son interlocuteur, elle s'empressa d'enchaîner :

— Mais j'ai souvent officié comme serveuse durant mes études, et je sais prendre en charge les attentes d'un client.

— Avocate ? Et cela ne vous empêche pas de partir gérer un lieu touristique durant plusieurs mois ?

Pourquoi fallait-il qu'il pose toutes ces questions ? Croisant les bras sur sa poitrine, Lily recula d'un pas et répondit :

— Je suis en congé sabbatique.

Du moins était-ce ainsi que sa patronne appelait sa défection… Six semaines après l'enterrement d'Izzy, Priya avait refusé la démission qu'elle lui remettait. Au sein de la prestigieuse étude où étaient défendus les plus grands hommes d'affaires et les plus importantes personnalités politiques du pays, Lily suivait le chemin menant au sommet – l'intégration en tant qu'associée de la firme. Cela impliquait, les premières années, des journées de quatorze à seize heures par jour, et elle avait cru que c'était ce qu'elle voulait. Déterminée à ne jamais reproduire les erreurs de sa mère, elle s'était abîmée dans le travail, sûre d'avoir fait le bon choix.

« Ne prenez pas une décision pareille sur un coup de tête. Accordez-vous du temps avant de vous engager dans un choix irrévocable, avait plaidé Priya. Votre poste ici vous attendra six mois. Je serais vraiment navrée de vous perdre, Lily. Vous êtes l'une de nos plus brillantes avocates, et j'investis de grands espoirs en vous. »

Dire que ces mots-là l'auraient fait danser de joie quelque temps plus tôt ! Or, le jour où elle les avait entendus, indifférente, Lily avait simplement jeté un regard absent sur la City, par la baie vitrée. Elle se fichait éperdument de la confiance que sa boss plaçait en elle. Comme de son superbe appartement et de sa collection d'escarpins. Rien de tout cela n'existait plus.

Esquissant un geste en direction de la villa, Lily fit comprendre à Damir qu'elle mettait un terme à la conversation.

— Heureuse d'avoir fait votre connaissance. Je vous laisse, il faut que je me trouve un petit déjeuner avant l'arrivée d'Ana. Il m'a été impossible de faire les courses hier, mon avion ayant été retardé.

— Ah, mais dans ce cas permettez-moi de vous l'offrir. En guise de bienvenue sur notre île. S'il vous plaît, acceptez, vous me ferez plaisir.

Damir s'adossa confortablement à sa chaise et, lorgnant discrètement au-dessus de ses lunettes de soleil, regarda Lily déguster ses épaisses tartines de miel et sa faisselle de chèvre. Quelques ramequins d'olives, du fromage sec et des pâtisseries complétaient la « formule petit déjeuner local » servie en terrasse, face au port, à la meilleure table du café.

Il lui avait fallu user de tout son charme et de sa persuasion pour convaincre la réticente Anglaise de le suivre jusqu'ici. Mais, lorsqu'elle avait enfin compris qu'il était propriétaire du seul et unique établissement ouvert sur l'île à cette époque de l'année, elle s'était résignée à accepter son invitation.

Sans doute fallait-il attribuer sa défiance à ce qui l'avait poussée à hurler à pleins poumons face à la mer. Un cri « primal », peut-être, mais avant tout un cri de douleur.

Depuis qu'ils étaient servis, la demoiselle dévorait en silence – et cela ne le gênait nullement. Au contraire, il avait ainsi tout le temps de retourner un simple hasard, une rencontre fortuite, à son avantage. Marija s'était montrée ferme : elle refusait de considérer son offre avant d'avoir passé un an loin de Lokvar. Damir devait en profiter pour peaufiner sa proposition, la rendre irrésistible et la lui soumettre à nouveau dès son retour. Tel était le plan. Lily Woodhouse n'y figurait pas : il ignorait encore son existence quelques jours auparavant.

Seulement, maintenant, elle était là. Farouche, le teint pâle, une mystérieuse tristesse dans son regard bleu, un sourire de façade vissé aux lèvres. Que lui était-il arrivé ? Rupture amoureuse ? Damir n'avait pas particulièrement envie de le savoir. Ce qui l'intéressait, en revanche, c'était de découvrir si Marija avait inclus sa petite-fille dans ses projets à long terme. Car, si elle avait l'intention de lui transmettre l'affaire familiale, il devrait réviser sa proposition. Et sinon, si elle ne venait que pour l'été, il devrait réussir à la convaincre que son offre était ce qui pouvait arriver de mieux à Marija.

Quoi qu'il en soit, il lui incombait de faire fondre la glace, de s'en faire une alliée.

Et donc de la séduire. Après tout, elle ne connaissait encore personne sur l'île. S'il s'y prenait bien, il pouvait se rendre indispensable. Et la tâche n'aurait rien de désagréable : c'était une jolie fille.

— Alors ? Le petit déjeuner vous plaît ? demanda-t-il en regrettant aussitôt cette entrée en matière inconsistante.

Elle releva les yeux vers lui comme si elle avait oublié sa présence. Son visage était absent, confus.

Et soudain elle sourit. D'un sourire si radieux, si magique que son visage en fut métamorphosé. La finesse de ses traits, la transparence de sa peau, la forme si pulpeuse, si généreuse de sa bouche plus attirante qu'un fruit bien mûr… Stupéfait, Damir sentit une onde étrange passer sous sa peau. Bon sang, ce n'était pas une jolie fille. Lily Woodhouse était d'une beauté renversante !

À peine eut-il formé cette réflexion qu'il serra nerveusement l'anse de sa tasse, à s'en faire blanchir les phalanges. Pas question que ce genre de choses vienne compliquer une affaire *strictement matérielle.*

— Ce café est le meilleur café que j'aie bu de toute ma vie, énonça-t-elle avec ravissement. Et, croyez-moi, j'ai pourtant fréquenté les endroits les plus réputés ! Des établissements qui ont pignon sur rue, qui se vantent de sélectionner les meilleurs grains du monde, de faire appel aux techniques de torréfaction les plus subtiles, de posséder les machines les plus aptes à préserver les arômes… Mais je suis formelle : de loin, sans conteste, c'est LA meilleure tasse de café que j'aie jamais dégustée !

Damir sourit.

— Les Croates prennent le café très au sérieux, renchérit-il. Et, si vous voulez passer l'été ici, c'est probablement l'information la plus importante que vous devez retenir.

— Marija m'a dit que l'essentiel de sa clientèle venait d'Europe de l'Ouest et des États-Unis, mais que les Croates aimaient passer au cours du week-end. J'espère qu'Ana sait faire le café, parce que je ne pense pas que mes talents de barista seront à la hauteur !

— Faites-le très fort. C'est essentiel. Un Croate pourra fermer les yeux sur un café qui manque de parfum, jamais sur un café trop léger.

— Merci du conseil. Je m'en souviendrai.

Elle posa ses couverts sur son assiette vide et poursuivit :

— Et merci pour le petit déjeuner. Tout était vraiment exquis ! Il y avait près de vingt-quatre heures que je n'avais rien mangé de consistant. La journée d'hier a vraiment été éreintante, et ces derniers mois… Enfin, bref, cet excellent repas m'a fait beaucoup de bien. Je me sens revigorée.

Tournant les yeux vers l'embarcadère, elle enchaîna :

— Quelle vue ! Vous avez choisi un emplacement idéal pour votre café… Vous récupérez toute la clientèle qui part et arrive par bateau, n'est-ce pas ?

C'était son grand-père qui avait établi son commerce de façon aussi stratégique. Damir avait retenu la leçon : l'hôtel et le restaurant jouissaient de panoramas spectaculaires sur l'île et se situaient à proximité de la rue principale avec ses boutiques.

— Oui. Il n'existe pas de meilleur endroit pour attendre le ferry.

— Ce café a toujours été dans votre famille ? demanda-t-elle.

— C'est mon grand-père qui l'a créé. Il était boulanger au village, et il souhaitait également ouvrir un restaurant, ce que j'ai fait. J'ai hérité de l'enseigne comme mon père en avait hérité.

— Mais alors la boulangerie, elle aussi… ?

— Oui, répondit-il en souriant. J'en suis également propriétaire.

— Eh bien ! Vous êtes le gagnant au jeu de Monopoly sur l'île ! s'exclama-t-elle.

— On peut sans doute dire ça, oui, déclara-t-il.

C'était hélas sous cet angle que de nombreux habitants voyaient les choses.

— Racontez-moi, reprit-elle en dégustant une nouvelle gorgée de son nectar d'arabica. Qu'est-ce que ça fait, de vivre sur une île aussi petite ? De voir tous les jours les mêmes visages, de se sentir en permanence séparé de la ville la plus proche par la mer… On ne devient pas un peu claustrophobe ?

L'intensité avec laquelle elle prononçait ces mots attira l'attention de Damir. On aurait dit qu'elle fuyait elle-même quelque chose.

3.

— Comment voulez-vous qu'on soit claustrophobe face à la mer ? répliqua Damir, abasourdi. Ce ciel qui n'a pas de fin, la résonance éternelle des vagues, la lumière chaque jour différente, sur l'horizon… Non, c'est impossible. En revanche, je vous concède que la vie en milieu insulaire n'est pas faite pour tout le monde. Certains habitants sont nés ici et ne partiront jamais. D'autres reviennent après avoir passé quelques années ailleurs, comme s'ils rentraient d'exil. Dans le fond, le quotidien d'une petite ville est le même partout : certains écoutent les rumeurs, il y a les fauteurs de troubles et ceux sur qui on peut toujours compter. Et pourtant Lokvar est unique au monde, elle ne ressemble à aucune autre île. Quant à la liberté de bouger, vous savez, ici, tout le monde possède son propre bateau et s'échappe vers la métropole dès qu'il le souhaite.

Une lueur malicieuse s'alluma dans le regard d'un bleu saphir de la jeune femme.

— Et vous ? Vous aimez aussi vous « échapper » ?

— Mon cas est un peu différent. Je ne vis ici qu'à temps partiel. Ma résidence principale est à Dubrovnik, ainsi que l'essentiel de mon activité. Je dirige les affaires que je possède ici depuis mon bureau.

— Ah bon ? Depuis Dubrovnik ? Il y a donc davantage que le café, le restaurant et la boulangerie… Tout le Monopoly insulaire ?

— Quelques locations de vacances, reconnut-il évasivement.

Sans doute était-il stupide de sa part de dissimuler l'hôtel – et le reste – à la jeune femme : Marija savait tout de ses activités. D'ailleurs, sur l'île, la majeure partie des habitants connaissaient l'étendue de ses propriétés. Mais il avait l'impression qu'il lui serait plus facile de gagner la confiance de Lily si elle ne voyait en lui qu'un modeste homme d'affaires. Parviendrait-il à s'en faire une alliée si elle connaissait précisément le contenu de sa rafle au Monopoly ? Les appartements, les hôtels et les restaurants de Dubrovnik ? Les villas sur la Riviera ? Elle risquait de vouloir garder dans le giron familial le bed & breakfast, la baie et la jouissance exclusive de la plage.

Sa réserve était motivée par une autre crainte. L'argent avait considérablement changé la façon dont les gens le considéraient. Sa fortune l'avait placé en marge de sa propre communauté ici, et même à Dubrovnik. Depuis son divorce, il était devenu la cible de quelques aventurières de la jet-set, des filles aux goûts de luxe qui s'intéressaient moins à lui qu'à son portefeuille et ses villas de rêve.

La plupart du temps, ces légers inconvénients ne le gênaient pas : ils faisaient partie du jeu et Damir les acceptait sans broncher. Mais ce matin il prenait plaisir à déguster simplement son café avec cette ravissante étrangère. C'était la première fois depuis longtemps qu'il savourait un moment au soleil en compagnie d'une demoiselle qui ne le considérait pas comme un oiseau à plumer. Ce n'était pas arrivé depuis… depuis Kata.

Repoussant le souvenir de son ex-femme, il s'aperçut,

non sans irritation, qu'il était lui-même en train d'associer affaires et plaisir. C'était une erreur.

Si attirante qu'elle lui apparût, avec ses cheveux couleur de miel et ses extraordinaires yeux au bleu oscillant de l'outremer au myosotis, Lily restait une femme : elle avait ses secrets, ses complexités, ses rêves impossibles – à son corps défendant, il avait appris que ce n'était pas pour lui. Il était incapable de faire réussir une vraie relation, et, s'il devait un jour se remarier, ce serait avec quelqu'un qui envisagerait, comme lui, les liens conjugaux comme une entreprise à faire fructifier. Quelqu'un qui, en échange d'un train de vie privilégié, tiendrait son rôle de mère de famille et d'hôtesse de maison sans rien attendre de plus de sa part.

— Encore merci, conclut-elle en se levant. Il faudra me permettre de vous inviter à mon tour, quand nous aurons ouvert.

— Tout le plaisir était pour moi, inutile de renvoyer l'ascenseur, assura-t-il.

Quel idiot ! Elle lui tendait la perche pour qu'ils fassent connaissance – préalable essentiel à son plan !

— Qu'avez-vous prévu de faire aujourd'hui ? ajouta-t-il tout de suite.

— Oh ! je pense explorer les environs de Fire Cove avant l'arrivée d'Ana, et il faut que je passe une commande. Marija m'a expliqué que le ferry assurait les livraisons et que je pouvais aller les chercher avec la Méhari. Il paraît que c'est beaucoup moins cher que le supermarché d'ici, qui est de toute façon trop petit…

Elle s'interrompit, porta une main à ses lèvres et ajouta :

— Je n'aurais certainement pas dû dire ça… Naturellement, le supermarché aussi vous appartient ?

— Ici, tout le monde commande en métropole,

répondit-il, éludant soigneusement la question. La supérette se concentre sur l'essentiel et répercute les frais de transport, mais son existence est cruciale : chacun vient y acheter le paquet de riz ou la bouteille de lait qui lui manque.

Se levant à son tour, il reprit :

— J'ai été ravi de vous rencontrer, Lily. Si vous avez besoin de quoi que ce soit, n'hésitez pas à m'appeler. Par ailleurs, je serais heureux de vous faire visiter l'île et de vous en révéler les petits coins méconnus. On m'a souvent dit que j'étais un excellent guide.

Comme il lui tendait la main, elle marqua une brève hésitation avant de la lui serrer, cette fois. À peine la peau de Lily fut-elle en contact avec la sienne qu'il sentit une décharge électrique le parcourir. Vivement, il sursauta et lâcha aussitôt ses doigts fins et doux.

Le visage de Lily demeura impassible, mais il vit une ombre passer dans son regard. Bon sang, que diable lui arrivait-il ? Sans doute avait-il trop travaillé, ces derniers temps. Heureusement qu'il resterait à jamais un incorrigible rationnel – sinon, il aurait pu interpréter cette réaction comme le signe de quelque chose…

Non. Il s'était bien sûr octroyé quelques liaisons sans lendemain depuis son divorce, rien de plus, et c'était la bonne formule pour lui. Il s'en tiendrait là.

— C'est très aimable à vous, mais je doute d'avoir beaucoup de temps à consacrer à mes loisirs, dit-elle d'un ton ferme. Cela dit, l'île n'est pas très vaste et nous aurons certainement l'occasion de nous recroiser.

Sur cette conclusion de pure convenance, elle esquissa un bref et ultime sourire avant de tourner les talons et de se diriger vers le port, reprenant le chemin de Fire Cove.

Damir fronça les sourcils en la regardant s'éloigner.

Il n'aurait pas dû bondir ainsi tel un cabri ! Il lui avait fait peur – et il s'était comporté comme si elle venait de le demander en mariage.

Oui, sa maladresse était patente. De toute évidence, il avait perdu l'habitude d'aborder une femme et de lui faire la conversation en toute simplicité, de la charmer en suivant son instinct, de façon naturelle.

Mais, après tout, le mois de juin n'avait pas commencé, et sur Lokvar la belle saison était longue. Il avait tout le temps d'apprivoiser la charmante Anglaise pour que, à la fin de l'été, ralliée à son camp, elle soit prête à convaincre Marija de lui vendre l'affaire.

Tout cela se résumait à du business : son domaine d'expertise. Damir réussirait. Il en était certain.

— Je n'arrive pas à me faire à l'idée que, d'ici quelques jours, la villa sera remplie de monde, avoua Lily en secouant vigoureusement un oreiller. Jamais nous ne serons prêts ! Si vous n'aviez pas recruté les saisonniers qui arrivent demain, nous serions dans de beaux draps !

Avec un soin exagéré, elle reposa l'oreiller et leva un regard anxieux vers Ana, la cousine de Josip qui servait de bras droit à Marija. Chaque été, la quinquagénaire quittait son domicile de Zagreb pour revenir dans l'île où elle était née et codiriger le bed & breakfast.

Il avait fallu moins d'une heure à Lily pour comprendre qu'Ana était bien plus qu'une formidable spécialiste de l'hôtellerie : elle connaissait Lokvar dans ses moindres recoins, ainsi que les goûts, les attentes et les habitudes des habitants et des touristes.

Plusieurs fois, Lily avait été tentée de l'interroger à propos de Damir – mais elle n'en avait pas trouvé l'audace. De toute façon, elle devait sans doute interpréter sa proposition de lui faire visiter l'île comme une simple politesse… Même si elle avait cru lire une sorte d'intensité dans son regard. Un élan énigmatique.

En fait, la réaction qu'il lui inspirait semblait tout aussi indéchiffrable. Son corps ne lui avait jamais infligé ce genre de troubles lors d'une première rencontre. Ce n'était pas désagréable, mais cela ne lui ressemblait pas. Avec elle, les relations évoluaient lentement, de façon très progressive. Il fallait qu'elle se sente en confiance, qu'elle mesure une forme de compatibilité avant de se laisser aller à un début d'attirance physique… Enfin, quand le terrain était balisé, elle allait de l'avant.

Mais n'était-elle pas venue ici pour sortir de sa zone de confort, tourner le dos à ses vieux réflexes ? Attrapant un second oreiller, elle le battit avec vigueur, comme pour l'expurger de sa propre incertitude.

— Je ne mesurais pas du tout la charge de travail en jeu, reprit-elle. Laver et repasser des douzaines de paires de rideaux, nettoyer et cirer parquets et volets, le nettoyage intégral du sol au plafond… J'ai commencé le désherbage, mais il faut encore repeindre toute la palissade. Heureusement que je n'ai pas envisagé mon séjour ici comme des vacances, parce que j'aurais eu une drôle de surprise !

Depuis l'arrivée d'Ana, c'était à peine si elle avait eu cinq minutes par jour pour aller se dorer au soleil. Mais la situation convenait parfaitement à Lily, et elle ne se serait probablement jamais laissé convaincre de venir plusieurs mois en Croatie si elle n'avait pas eu la garantie que le travail la tiendrait occupée – et repousserait son chagrin au moins pendant le jour. Elle ignorait encore comment diable tenir la promesse qu'elle avait faite à Izzy. Prendre un congé sabbatique pour réévaluer ses priorités, adopter un nouvel adage, très bien, c'était fait… et ensuite ?

Au rythme où allaient les choses, elle s'abîmerait dans le travail tout l'été, un été qui filerait à toute vitesse – et elle ne serait pas plus avancée au moment de rentrer en Angleterre. Seule Izzy savait combien Lily détestait l'échec. Alors il fallait qu'elle réussisse. Qu'elle cesse de faire des plans sur la comète et qu'elle profite de toutes les occasions de s'amuser.

— Ne vous inquiétez pas au sujet de la peinture. On ne pose qu'une couche, ça sèche très vite, et Luka a l'habitude de s'en charger, répondit Ana en prenant l'oreiller que Lily venait de battre pour le poser sur le lit.

Impressionnée, Lily balaya la chambre d'un regard circulaire. Tout était impeccable. En quelques gestes d'une redoutable efficacité, Ana savait donner une sensation de propreté et de fraîcheur à toute la villa. Lily enviait sa précision : le pli du drap n'était jamais aussi net qu'avec elle, la robinetterie, jamais aussi étincelante. Ana possédait des doigts de fée.

— Et il vaut mieux profiter des compétences de mon grand paresseux de fils tant que c'est possible, ajouta-t-elle. Vous verrez, dès que les clients seront là, nous ne pourrons rien faire d'autre que servir des rafraîchissements à la chaîne, et j'ai peur de le voir s'installer lui-même sur les chaises longues pour flirter avec les plus jolies touristes… J'espère ne pas avoir commis une erreur en le faisant venir ici pour l'été !

— Oh ! je suis certaine que Luka sera très sérieux et que vous êtes injuste ! s'exclama Lily. Regardez comme il nous aide depuis hier : il n'a pas pris une minute de pause, il a déjà enduit trois douzaines de volets de laque de protection !

— Oui, j'admets qu'il sait se servir de ses mains quand

il consent à lever le nez de ses livres, maugréa Ana d'une voix trahissant toute sa fierté maternelle.

Luka était son petit dernier ; il avait dix-huit ans. Ses autres enfants avaient quitté le nid depuis longtemps. Né alors que ses frères et sœurs étaient déjà adolescents, Luka était un bébé surprise et, désormais inscrit en classe préparatoire scientifique, la prunelle de ses yeux. Le jeune homme officierait au bar et en tant que second auprès d'Antun, le pizzaiolo.

— Ah, ma chère Ana, vous ne pouvez pas gagner sur tous les tableaux, nota Lily avec malice. S'il lâche un peu ses livres, il faudra admettre qu'il puisse être sensible au charme des jeunes filles sur la plage !

— Tel que je le connais, il est capable de faire les deux, soupira-t-elle en lissant le dessus-de-lit à la perfection.

Lily sourit. Cette nouvelle routine, ce bavardage complice avec une collaboratrice la dépaysait. Au cabinet d'avocats où elle exerçait depuis l'obtention de son diplôme à Oxford, ce genre de badinage était impensable. Chacun se livrait à la compétition, cherchait à tourner toute erreur des autres à son avantage, et il n'existait pas de conversation innocente entre collègues, dans les couloirs de l'étude.

Depuis le temps où Izzy et elle se retrouvaient après les cours pour une nouvelle séance de travail dans un café, elle n'avait pas connu cette camaraderie.

Comme la toute première chambre semblait désormais prête, elle se retourna pour admirer le travail. L'établissement de Marija misait sur la simplicité, loin des complexes hôteliers modernes visant toujours le confort le plus ultime. Les pièces étaient vastes, propres et claires, avec leurs murs bleu pâle et leurs parquets simplement couverts d'un tapis en jonc de mer. Le mobilier, armoires en pin massif et commodes de chêne clair, était fonctionnel, sans prétention. Le linge de lit en coton était toujours soigneusement repassé, et de grands canapés recouverts de lin invitaient à la lecture sur le palier-bibliothèque de chaque étage.

Nul besoin de piscine : il y avait la mer. Nul besoin de salle de sport : il était possible de pratiquer tant de jeux et d'activités physiques sur la plage !

Au bar, on servait le petit déjeuner le matin, une vaste gamme de boissons durant la journée et des pizzas le soir.

Le recentrage sur l'essentiel permettait de mieux savourer la splendeur de la vue, car Fire Cove offrait le meilleur belvédère de l'île pour contempler le lever et le coucher du soleil. Lily approuvait pleinement la formule choisie par sa grand-mère.

Un bruit de moteur attira son attention. En se penchant par la fenêtre, elle vit arriver une Méhari.

— Une livraison ? dit-elle avec étonnement. Je croyais que nous avions tout récupéré au port hier…

— Oui. Ce doit être autre chose, répondit Ana.

Intriguée, Lily partit à la rencontre du chauffeur, qui venait d'arrêter le véhicule. Au moment où elle identifiait un logo de fleuriste sur la carrosserie, l'homme lui tendit un immense bouquet.

— Oh… Pour nous ? Merci ! *Hvala*.

Le livreur sourit et repartit aussitôt.

Lily revint dans la villa, portant fièrement un merveilleux arrangement de pivoines et de lisianthus aux teintes déclinées sur toute la gamme des roses : le bouquet, aussi superbe que luxueux, caressait ses narines de son parfum délicat.

— Regardez ! s'exclama-t-elle en avisant Ana, qui souriait en lui désignant le plus grand vase du salon.

— Elles sont magnifiques, renchérit son amie.

— Sûrement un cadeau de maman et de Josip... Enfin, si elles sont pour moi ! C'est peut-être à vous qu'elles sont destinées ?

Craignant de s'être montrée indélicate, Lily blêmit, mais la cousine de Josip se mit à rire en secouant la tête.

— Non, ça m'étonnerait ! Si mon mari m'envoyait des fleurs jusqu'ici, surtout un bouquet pareil, j'en conclurais qu'il a fait une très grosse bêtise.

— Nous allons en avoir le cœur net, répondit Lily en sortant la carte de l'enveloppe.

Aussitôt, elle sentit ses joues s'enflammer.

— Elles ne viennent pas de mes parents, murmura-t-elle avec gêne.

Incrédule, elle lut et relut le message :

Chère Lily,

Bonne chance et bon courage pour le lancement de la haute saison. J'espère vous voir à la fête donnée demain.

Et, si vous êtes partante, finalement, pour visiter l'île avec moi, faites-moi signe.

Damir

4.

D'une main tremblante, Lily tendit la carte à Ana et sentit son trouble s'intensifier en la regardant lire.

— Damir Kozina, souffla simplement sa cousine en lui rendant le carton. Je ne savais pas que vous aviez fait connaissance.

— Pas vraiment, s'empressa de répondre Lily. Je suis tombée sur lui par hasard au matin de mon arrivée, et il m'a offert le petit déjeuner dans son café.

Comme Ana arrangeait les fleurs dans le vase, elle les contempla avec admiration.

— Nous avons échangé quelques mots… Rien qui mérite une telle extravagance. Je suppose que c'est quelqu'un de très gentil.

— *Gentil* ? Damir ?

Ana s'esclaffa et enchaîna :

— Il ne fait jamais rien qui ne serve directement ses intérêts. Vous avez dû lui faire forte impression !

— Peut-être. Il m'a surprise dans un moment de vulnérabilité… Il m'exprime probablement sa compassion en m'envoyant des fleurs. Et il doit me croire incapable de résister ne serait-ce qu'une semaine à la gestion touristique de Fire Cove !

— Si vous le dites, répondit prudemment Ana. Mais soyez sur vos gardes. Il traîne une sacrée réputation.

— Ah bon ?

Enfin, elle tenait l'occasion d'en savoir davantage sur cet homme.

— Il mène une existence de play-boy depuis son divorce, poursuivit Ana. On le voit régulièrement au bras de starlettes habillées de façon clinquante, à Dubrovnik, si mes sources sont bonnes… et elles le sont toujours. Je ne vous raconterais pas cela si vous étiez son type, Lily. Mais il se trouve que je ne l'ai jamais vu s'intéresser à quelqu'un sur cette île, ni les habitantes ni les clientes. Enfin, vous verrez bien par vous-même lors de la fête.

Elle sourit et lui adressa un clin d'œil en ajoutant :

— Vous allez rendre toutes les filles du coin vertes de jalousie, si Damir a des vues sur vous ! La moitié des serveuses qui viennent travailler l'été à Lokvar le font uniquement dans l'espoir de le rencontrer.

Ce discours piqua la curiosité de Lily. Les avertissements d'Ana lui donnaient soudain une folle envie de mieux connaître Damir – mais, hélas, elle avait beaucoup à faire. De nombreuses personnes, sur l'île, avaient évoqué cette fameuse fête, une tradition estivale pour inaugurer la haute saison. De toute évidence, il s'agissait d'une sortie incontournable, et cependant… Lily n'était jamais à l'aise dans les grandes soirées, parmi des dizaines d'inconnus. Immanquablement, elle se demandait ce qu'elle faisait là, et sa timidité l'empêchait de profiter de l'occasion.

— Ah oui, la fête, murmura-t-elle d'un ton gêné. Je ne pense pas y assister, non.

— Ne pas y assister ? répéta Ana en levant vivement vers elle un regard incrédule. C'est exclu ! Lily, *tout le monde* y va ! Ce sera votre dernière chance de vous détendre et de vous amuser avant le grand coup de feu de l'été.

— Je n'ai pas un tempérament festif, expliqua-t-elle. Et puis c'est une tradition pour les insulaires, les résidents permanents. J'ai quasiment le même statut que les touristes, ici. Et je ne parle pas croate.

— Ridicule, répliqua Ana avec fermeté. Comme vous l'avez déjà remarqué, tout le monde parle votre langue, ici. Et vous êtes la petite-fille de Marija, autrement dit, l'une des nôtres ! Votre grand-mère n'a jamais manqué une fête, et je vais même vous dire : elle est toujours la dernière à partir. Alors, si vous tenez à la représenter, il n'y a plus à discuter. Il n'y aura qu'une règle d'or, demain soir : s'amuser, profiter de la dernière soirée de loisirs avant longtemps…

Lily retint un soupir. Ne s'était-elle pas engagée à vivre désormais dans l'instant présent ? Elle n'allait pas se cacher sous la table sous prétexte qu'une fête de village l'intimidait. Non, décida-t-elle. Elle allait plutôt surmonter cette appréhension stupide.

— Vous avez sans doute raison, répondit-elle. C'est entendu. Je viendrai.

— Je compte sur vous, déclara Ana. Ne vous refermez pas sur vous-même, Lily.

Comme Luka rentrait pour prendre du matériel de nettoyage dans la cuisine, Lily laissa la mère et le fils en tête à tête en se dirigeant vers l'escalier. Mieux valait que le superbe bouquet demeure dans le salon, où chacun en profiterait, songea-t-elle. Sa petite chambre mansardée, au grenier, ne lui rendrait pas justice.

Malgré elle, tandis qu'elle se remettait à l'ouvrage, ses pensées furent accaparées par Damir. Elle revit sa haute silhouette, la mèche rebelle qui barrait son grand front lisse, la ligne séductrice de ses lèvres ourlées. Décidément, il s'invitait un peu trop souvent dans son esprit.

La veille encore, alors qu'elle parcourait la supérette en attendant sa livraison par ferry, elle avait cru le reconnaître en la personne d'un client portant de superbes lunettes style aviateur. Impossible d'oublier sa déception lorsqu'elle s'était aperçue de sa méprise.

Irritée, elle se concentra sur le nettoyage du tapis de sa propre chambre. La charpente de la mansarde donnait beaucoup de charme aux lieux, et la climatisation l'empêcherait de mourir de chaleur au pic de l'été. La pièce était de dimensions modestes, l'ameublement, spartiate. Lily n'avait emporté que le strict nécessaire : des vêtements pour tous les temps, une trousse de toilette bien garnie et quelques livres. Si besoin, elle pouvait se servir de l'ordinateur dans le bureau de la villa, et elle avait accès au salon de Marija, avec sa belle bibliothèque de romans, son impressionnante collection de films et de disques.

Sans le vouloir, elle laissa tomber son regard sur le seul élément personnel qu'elle avait ajouté au décor : la photo encadrée posée sur la commode.

Nul besoin de la contempler. Elle en connaissait chaque détail. Les couleurs vives des hortensias et le bosquet de magnolias à l'arrière-plan, le rouge cerise aux ongles de pied des deux sujets. Pourtant, elle scruta le cliché, comme si elle espérait trouver une réponse magique à ses questions sur le visage réjoui des deux adolescentes.

Elles avaient seize ans et prenaient des poses de pin-up, au fond du petit jardin des parents de Lily. Elles s'étaient mises sur leur trente et un : Lily dans sa longue robe sans manches d'un bleu identique à celui de ses yeux, ses cheveux tombant en cascades blondes sur ses épaules nues, des centaines de cristaux à la taille, autour du cou et piqués dans sa coiffure. Izzy, fidèle à elle-même en rejetant les codes conventionnels du bal de fin d'année, avait opté pour un look fifties avec une robe rouge à pois blancs longueur genou, qui épousait ses courbes généreuses et rendait hommage à sa beauté de brune.

Lily ne pouvait regarder la photo sans se rappeler la patience avec laquelle Izzy avait posé son trait d'eye-liner, ne se décourageant jamais malgré plusieurs essais infructueux. Elle voulait des yeux de chat, ce soir-là, et sa détermination avait porté ses fruits : elle arborait un maquillage parfait, pour célébrer avec leur classe la fin du lycée.

Elles étaient si radieuses, toutes les deux, si pleines de vie, si certaines que le monde n'attendait qu'elles et qu'il leur déroulerait le tapis rouge ! Qu'auraient-elles fait, si elles avaient su ? Renoncé aux longues études, aux grandes ambitions et aux semaines de sept jours de travail ? Changé de projet comme de philosophie pour apprendre à savourer le présent ?

— Je ne peux même pas me rappeler une seule fête où je suis allée sans toi, avoua-t-elle tout bas. À qui vais-je parler ? Qui comprendra mon petit signe, si je veux partir ou être sauvée d'un tête-à-tête avec un type trop collant ?

Et qui lui répondrait de loin par un petit *v* des doigts, si elle signalait, au contraire, que le type lui plaisait et qu'elle avait envie de poursuivre le tête-à-tête ?

Comme elle reposait le cadre sur la commode, un rayon de soleil tomba sur le visage d'Izzy. Lily la fixa.

— Quoi ? Tu crois que je devrais y aller ? Oui, c'est d'accord, j'irai : et après ? C'était toi, l'audacieuse, la fonceuse. Pas moi. Tu menais et je me contentais de suivre le mouvement, tu le sais bien.

Comme la réponse ne venait pas, elle essuya d'un geste brusque une larme qui roulait sur sa joue, agacée par sa propre fragilité.

— Que veux-tu que je fasse de plus ? murmura-t-elle, découragée. Je sais que je t'ai promis d'être différente. D'arrêter de tout planifier, de lever le nez de mes dossiers. De vivre pour nous deux. Eh bien voilà, regarde : je suis ici, en Croatie. Pas au bureau, ni dans un appartement de Londres ou une salle de gym. Sur une île. Et, oui, j'avoue, j'ai surtout travaillé depuis mon arrivée, mais… c'est un début.

Comme si Izzy venait de froncer les sourcils, elle soupira.

— Je sais, tu as raison. J'aurais dû accepter son invitation à me promener avec lui. Il est pas mal, tu ne trouves pas ? Nettement plus attirant que tous les encravatés de la City, ou que les pseudo-petits génies de start-up, style Silicon Valley, que tu fréquentais, ma grande ! J'aime assez l'idée d'un homme qui sait se servir de ses mains pour travailler.

D'un bond, elle s'allongea sur son lit et ferma les yeux. La douceur de sa voix, la profondeur de son regard… Elle revit le visage de Damir, se rappela ses paroles. Inutile de se poser des questions : s'il lui envoyait des fleurs, c'était parce qu'elle lui plaisait, non ?

Peut-être. Mais Ana avait dit que c'était un play-boy. Pire : un play-boy égoïste ! Lily ne perdrait jamais son temps avec un homme incapable de se satisfaire d'une femme et butinant sans cesse d'une conquête à l'autre. Elle était trop sensée, trop sensible aussi, pour tolérer tant d'irresponsabilité chez un homme.

En tout cas, en temps normal. Chez elle. Et ici, en revanche ? Pour un été ? Dans la mesure où elle vivrait des événements sans lendemain ? Cela changeait tout… Ne s'était-elle pas engagée à se montrer impulsive ? Quel meilleur choix qu'un play-boy pour céder aux délices de l'instant présent ?

Puisqu'elle ne cherchait ni le grand amour ni le mariage, pourquoi se refuser une aventure, une petite romance exotique ?

— Ah, ça va ! Tu as gagné ! lâcha-t-elle. Comme d'habitude. Oui, j'irai à la fête, je flirterai avec Damir, et s'il veut encore m'emmener en exploration à deux… je dirai oui. Tu es satisfaite ?

En se redressant sur le lit, Lily se tourna vers la photo. Ce n'était qu'un jeu du soleil sur le papier glacé, bien sûr, mais durant une fraction de seconde elle fut certaine d'avoir vu Izzy acquiescer.

Damir vérifia une seconde fois l'amarre de son bateau avant de s'engager sur la jetée en direction du petit port animé d'une atmosphère de carnaval.

Il n'était que 18 heures, mais la longue promenade pavée qui jouxtait le minuscule et unique village de Lokvar, en front de mer, grouillait de monde. Une rumeur joyeuse émanait de la foule, tous ces hommes et ces femmes ayant sorti leur plus belle tenue estivale afin d'honorer la traditionnelle fête de la belle saison. Des guirlandes multicolores avaient été accrochées aux arbres, une odeur exquise de viande et de légumes grillés flottait dans l'air et une corde avait été tendue autour de la piste de danse afin que les enfants surexcités ne s'en servent pas comme d'un plongeoir. Tournant la tête vers le bar à bières, Damir sourit.

Le village occupait l'essentiel de la baie principale de Lokvar. La plupart de ses ravissantes maisons de pêcheur aux façades bariolées abritaient désormais des commerces et des logements de location saisonnière, les résidents ayant préféré l'espace offert par de somptueuses villas au cœur de l'île. Pourtant, aujourd'hui, ils étaient tous là – et Damir connaissait chacun d'eux.

Et ils le connaissaient tous, songea-t-il, comme il éprouvait un léger pincement au cœur. Il y avait sept ans qu'il n'avait pas participé à cette soirée. Depuis que son ex-femme, Kata, était partie, posant le point final à leur mariage. Voire avant... En fait, cela remontait peut-être à l'époque où sa fortune l'avait éloigné des gens avec qui il avait grandi. Il ne revenait que parce qu'il sponsorisait l'événement. C'était la seule chose qu'on attendait de lui.

Il ne comptait que deux échecs dans sa vie. La mort de son père et l'effondrement de son couple. Il n'en accepterait pas de troisième. Ce soir, il allait trouver, flatter, courtiser l'Anglaise et découvrir quels étaient les plans à long terme de Marija. S'il pouvait rapidement développer Fire Cove et l'inscrire à son palmarès de succès sur Lokvar, il se sentirait un peu moins coupable... Il aurait moins l'impression d'avoir échoué à satisfaire son père.

Se mêlait toutefois à sa détermination une sensation inattendue : la fébrilité, l'expectative, une indiscutable joie à l'idée de retrouver la jeune femme. Il n'aurait su dire pourquoi. Elle était ravissante, c'était un fait, surtout lorsqu'elle illuminait son visage de son sourire irrésistible, mais à la réflexion elle ne lui avait pas raconté grand-chose, au cours de leur rencontre.

Sans doute demeurait-il troublé par sa première impression. Il ne rencontrait pas tous les jours des blondes aux yeux myosotis capables de passer un long moment toutes seules, à crier, ou plutôt à hurler face à la mer. En général, il portait son choix sur une urbaine matérialiste et sophistiquée, apte à accepter une liaison à très court terme.

Le chagrin qu'il avait cru deviner dans le regard de

Lily l'avait marqué. Ne s'agissait-il pas d'un miroir du sien ? Quoi qu'il en soit, ce soir, il saurait se focaliser sur l'essentiel, ne pas perdre de vue son seul et unique objectif : le rachat de Fire Cove.

Roulant les épaules et levant fièrement le menton, ravi de tenir son rôle de généreux parrain de la soirée, Damir s'approcha du stand de restauration.

— Damir ! Enfin !

— Viens par ici, mon ami ! Nous allons trinquer à la santé de celui sans qui cette fête ne serait pas possible.

Amis et connaissances se pressèrent bientôt autour de lui tel un essaim, et il attrapa la pinte de bière que lui tendait le serveur. On le bombardait de commentaires à propos des préparatifs de la soirée, les anciens camarades venaient lui taper dans le dos, et il se laissa aller au plaisir de cette compagnie. Durant un moment, il eut presque l'impression d'être revenu plusieurs années en arrière, au temps où son père était en vie, et Kata, à son bras. Au temps où il faisait encore partie de cette bande.

Parfois, son ancienne vie lui manquait. Les gens d'ici étaient plus chaleureux que son nouvel entourage – les joueurs de golf, ses confrères issus de la vieille aristocratie de Dubrovnik.

Une part de lui était tentée de rester ici, de ne plus repartir, de redevenir l'ancien Damir. Juste pour cette nuit, peut-être ? Non. Il avait *du travail* : dès que Lily arriverait, il ne songerait plus à rien d'autre qu'à sa mission. S'il jouait bien la partie, il pouvait se mettre l'Anglaise dans la poche et espérer plier le contrat avant la fin de l'année.

Le soleil était radieux et brillerait encore plusieurs heures avant de se coucher. Ensuite, la fête se prolongerait jusque vers minuit. Damir avait donc tout son temps, et néanmoins une impatience étrange l'électrisait.

Avalant une gorgée de bière, il fouilla la foule des yeux, à la recherche d'une chevelure d'un blond de miel. Malgré lui, une onde électrique lui traversa le ventre, comme si le simple fait de se remémorer le visage et la silhouette avantageuse de la jeune femme convoquait en même temps la réaction violente qu'il avait eue à son contact. Le souvenir de la douceur de sa peau, du timbre caressant de sa voix, de son parfum d'agrumes et d'iode lui coupa le souffle. Une sorte de courant d'air passa dans sa nuque, et soudain il s'aperçut qu'autour de lui tous les hommes tournaient la tête dans la même direction, d'un air curieux.

Damir les imita.

Occupées à bavarder, Lily et Ana quittaient le sentier de Fire Cove et parvenaient sur le port.

Comme tous les résidents, Ana s'était endimanchée. Elle ne manquait pas d'élégance, dans sa robe bleu marine et ses escarpins. Moins coutumière des codes de l'île et suivant ceux des grandes métropoles, Lily portait une luxueuse tunique de soie brodée sur un jean tout simple et des sandales blanches, ses cheveux cascadant en liberté sur ses épaules. Lorsqu'elle prit conscience des regards tournés vers elle, ses joues devinrent roses. Damir sentit le sang cogner lourdement à ses tempes. Son visage en forme de cœur, l'incroyable bleu de son regard, son petit nez mutin… Elle était d'une beauté ravageuse.

Sans entendre ce que racontaient ses voisins, il se dirigea lentement vers elle.

— Je suis ravi que vous ayez pu vous libérer ce soir, Lily.

Souriant à sa compagne, il ajouta :

— Quel plaisir de vous revoir, Ana. J'espère que toute votre famille va bien… ?

— Très bien, merci, répondit-elle. Et votre mère, Damir ?

— Elle est en pleine forme. Je la saluerai de votre part.

— J'espérais la trouver parmi nous ce soir. Il y a bien longtemps que je ne l'ai pas revue.

— Depuis qu'elle s'est remariée, elle préfère rester en métropole, expliqua-t-il.

Sa mère maintenait que, si son père avait fait sa crise cardiaque à Dubrovnik, on aurait pu le sauver – qu'il serait parvenu à temps à l'hôpital. Depuis ce jour-là, elle n'avait plus remis les pieds à Lokvar. Ni pardonné à Damir.

Tant pis. Il n'avait pas besoin de son pardon, puisqu'il ne se l'accorderait jamais lui-même.

Ana hocha la tête.

— Oui, embrassez-la pour moi, conclut-elle.

— Je n'y manquerai pas. Amusez-vous bien, lança-t-il, comme elle s'éloignait en riant, emportée par les deux pâtissières, ses amies d'enfance.

Damir reporta alors son attention sur Lily.

— Merci pour les fleurs, dit-elle, les joues toujours roses. Je peux peut-être vous proposer un verre en guise de remerciement ?

— Volontiers. Si vous voulez goûter les spécialités locales, je vous recommande la bière et nos excellents vins.

— Dans ce cas, je prendrai volontiers un verre de blanc, merci.

Après avoir pris leur plateau sur le comptoir, Damir conduisit la jeune femme vers une petite table face au port. Il y déposa une excellente bouteille, un assortiment d'olives et une assiette de morceaux de feta.

— Quel apéritif somptueux ! Et merci encore pour

votre bouquet, dit-elle comme il lui tendait son verre. Elles sont magnifiques.

— Ce n'est rien. Je tenais à vous encourager pour votre première saison : ici, le rythme est frénétique et les novices sont souvent surpris.

— Je crois que je commence à mieux me le représenter, répondit-elle en souriant. La préparation à elle seule donne le ton... Pour être honnête, Ana n'a pas besoin de moi. Elle s'en sortirait même beaucoup mieux si je n'étais pas là.

Damir fronça les sourcils.

— Mais non, voyons, ne dites pas cela. Je suis certain qu'elle est ravie de vous avoir auprès d'elle.

— Oh ! je vous assure que je lui complique la tâche. Elle est obligée de tout m'expliquer, de tout me montrer, et cela lui fait perdre un temps monstre alors qu'elle a déjà tant à faire...

— C'est normal, répliqua-t-il. C'est un investissement : d'ici quelques jours, vous serez une véritable petite fourmi ouvrière, et elle remerciera le ciel que Marija vous ait fait venir.

La jeune femme sourit et s'esclaffa :

— Merci. Vous me rassurez un peu. Ces derniers jours, mon ego a été écorné !

— Ah ? En quoi ?

Lily Woodhouse était décidément à part. Il émanait d'elle un pétillement joyeux, une énergie solaire, et en même temps une profonde mélancolie. Plus il l'écoutait, plus il avait envie de la connaître.

Elle se remit à rire et enchaîna :

— Eh bien, vous allez penser que j'ai la tête et les chevilles comme des ballons, mais j'ai toujours tiré une certaine fierté à être bonne dans tout ce que j'entreprends. J'aime réussir. Or il se trouve que ma capacité à suivre scrupuleusement une recette ne me rend pas très efficace dans une cuisine professionnelle, et le chef est également mécontent de mes talents de plongeuse. Il a raison : je ne parviens pas à faire briller les verres comme lui. Ana parle couramment quatre langues. *Quatre !* Et moi, seulement l'anglais et le français, ce qui signifie qu'elle devra se charger de l'essentiel des réservations, de l'accueil des clients…

Damir ne put retenir son amusement.

— Et ce n'est pas fini, ajouta-t-elle en se joignant à son hilarité. Exit la cuisine, exit la réception… Je croyais être au moins une femme de chambre modèle. Mais hier, alors que je me réjouissais d'avoir préparé une suite toute seule, Ana a repéré dès le début de son inspection une trace dans le lavabo et une couverture de sécurité manquante, dans l'armoire.

Elle secoua la tête et avala une gorgée de vin avant de reprendre :

— C'est un coup assez rude pour mon orgueil. Si ma boss me voyait, en ce moment…

Comme elle picorait quelques olives, il piqua deux morceaux de feta sur une tomate et lui tendit l'amuse-bouche, qu'elle accepta en souriant.

— Vous regrettez d'avoir choisi Lokvar pour votre congé sabbatique ?

C'était une question de pure forme, et il s'attendait à ce que Lily la balaye par une pirouette. Or, elle réfléchit longuement, pesant sa réponse avec le plus grand sérieux.

— Non, lâcha-t-elle enfin. D'abord parce que c'est un vrai bonheur de découvrir le lieu où vit et travaille Marija. J'en entends parler depuis tant d'années… Et puis parce que je me réjouis d'être occupée, et même de devoir progresser. Ça ne fait jamais de mal d'être remis à sa place, vous ne trouvez pas ? Maintenant, au moins, je sais que je ne vais pas m'ennuyer et j'ai un but à atteindre.

Vaguement éberlué par sa franchise, il ne sut que répondre, et elle ajouta :

— De toute façon, il s'agit avant tout pour moi de m'éloigner de Londres et du bureau pour réévaluer tout ça.

— Tout ça ? demanda-t-il. C'est-à-dire ?

— La vie.

5.

Damir n'était pas certain d'avoir bien entendu.

— La vie ? répéta-t-il.

Lily hocha la tête en signe d'assentiment, les yeux ailleurs, comme si elle n'était plus vraiment avec lui.

— Oui, la vie. J'ai pris l'engagement de commencer à vivre pour de bon. Je suis venue ici afin de fuir mes journées de seize heures sans vie sociale et sans intensité, mais je me connais : on a toujours tendance à revenir à ses vieux réflexes, surtout dans le contexte d'un bed & breakfast à faire tourner à plein régime durant la saison la plus chargée de l'année. Je m'étais promis de céder au moins à un élan spontané par jour, jusqu'au moment où j'ai compris que même ça c'était planifié ! Il faut croire que je ne suis pas faite pour me laisser aller au gré du torrent. Du coup, j'ai le sentiment d'échouer et de revenir à la case départ…

Relevant soudain les yeux vers lui, elle murmura :

— Désolée. Je ne suis vraiment pas douée pour ça non plus.

— Ça, quoi ?

— Le bavardage. Je manque de pratique. En ce moment, vous devez vous dire que je suis bonne à interner : vous me trouvez d'abord en train de m'époumoner sur une plage, puis noyée dans un monologue sur mon rapport à la spontanéité…

— Ce que je me dis, répondit-il en plongeant son regard dans le sien, c'est que j'ai rencontré quelqu'un de très spécial qui ne ressemble à personne.

— Hélas pour vous, oui !

Repoussant son verre vide, elle conclut :

— Je vous laisse retrouver vos amis. Je vais aller discuter avec Ana. Merci pour le verre.

Le soleil ne se coucherait pas avant une bonne heure, la soirée ne faisait que commencer… Oh ! non. Pas question de la laisser s'échapper !

— Ce n'était pas une formule de politesse, répliqua-t-il en posant la main sur la sienne pour la retenir. Je suis heureux d'être ici. Avec vous. Je n'ai aucune envie de me trouver ailleurs.

— C'est vraiment très aimable, mais je ne suis pas sûre de vous croire. Qu'en dirait Izzy ? Oh ! je sais très bien ce qu'elle dirait. Que je suis une catastrophe ambulante, qu'on ne peut même pas me laisser mener un petit flirt sans supervision…

Damir frémit avant de se figer, telle une statue.

— Vous pouvez répéter ?

Il la considéra avec intensité et insista à voix basse :

— *Un petit flirt* ? C'est ce que nous sommes en train de faire ?

Il n'y avait pas que les joues de Lily qui s'enflammaient. Une boule de feu s'était formée en elle, et elle avait envie de fuir à toutes jambes. Mais le regard troublant de Damir et sa main sur la sienne la retenaient, sans qu'elle puisse dire s'il était horrifié par tant de maladresse ou scandalisé qu'elle prétende flirter avec lui. Probablement les deux.

Et dans sa tête la voix d'Izzy hurlait : « Qu'est-ce

qui te fait tellement peur ? Flirter, c'est juste un jeu très agréable qui n'engage à rien ! » Oui, jouer. C'était la bonne méthode.

Elle rassembla son assurance et se mit à battre des cils avec ostentation, pour adopter une attitude de femme fatale.

— Ma foi, roucoula-t-elle d'une voix de velours, vous êtes la seule personne que je connaisse à Lokvar, et vous m'avez déjà proposé *deux fois* de me faire visiter l'île.

À son vif soulagement, Damir sourit et entra immédiatement dans sa mise en scène.

— C'est exact, répondit-il en détachant chaque syllabe.

— Parfait. Parce que j'aimerais accepter votre invitation, déclara-t-elle en croisant les jambes.

— Parfait, répondit-il du même ton théâtral.

Un rictus séducteur anima le coin de ses lèvres, et il reprit :

— Comme vous placez visiblement toujours la barre très haut, je ne prétendrai pas être le meilleur guide touristique qui soit, mais je n'ai jamais reçu de réclamation.

Lily n'en doutait pas. La gorge en feu, elle le regarda rouler les manches de sa chemise sur ses avant-bras bronzés et musclés.

— Quel genre de circuit pouvez-vous me proposer ? s'enquit-elle d'un ton langoureux, en s'adossant tranquillement à son siège sans cesser de le fixer. Vous n'avez pas oublié que je suis avocate ? Je ne m'engage pas à la légère, sans un contrat bien clair, jusque dans ses clauses secondaires et accessoires…

Avocate ? En cet instant, elle avait plutôt l'air d'une comédienne briguant un Oscar, mais, puisque le scénario se déroulait avec tant de fluidité, elle devait admettre qu'elle s'amusait beaucoup.

— Pas de clauses cachées. Pas d'avenant, le contrat

est exécutoire dans son intégralité, répondit-il d'une voix enjôleuse. Nous passerons du temps ensemble. Vous fixerez les limites. Et, si vous n'êtes pas satisfaite, un « non » de votre part suffira à tout interrompre.

Lily déglutit lentement. Pourquoi avait-elle l'étrange impression qu'il ne parlait pas seulement d'une visite de Dubrovnik ?

— Bien, souffla-t-elle. Et à quel moment envisagez-vous d'attaquer la prestation promise ?

Mille éclats d'or se mirent à briller dans le regard de Damir.

— Rien ne vaut l'instant présent, vous ne trouvez pas ?

Oh ! bon sang. C'était comme danser un tango : voluptueux, osé, excitant… Il répondait à ses défis en la défiant à son tour. Plus question de se dérober.

La lumière qui baignait le port était splendide. Dans le ciel encore clair, un soleil orangé faisait miroiter la mer. C'était l'heure idéale pour une promenade.

— Si, déclara-t-elle en se levant. Alors ? Par où suggérez-vous de commencer ?

— Venez.

Sans un mot, elle acquiesça. Lorsqu'il lui prit la main, elle lui emboîta le pas, troublée par le contact de sa peau ferme et chaude contre la sienne.

Comme ils traversaient la fête, une odeur de barbecue parfumait l'air. Des rires résonnaient de toutes parts, ainsi que la musique du petit orchestre local. De nombreux couples dansaient sur la piste, et des enfants couraient dans la rue, pomme d'amour ou longue sucette en main.

Le cœur battant à coups redoublés, elle suivit Damir sur le sentier par lequel elle était venue. Bientôt, les stands de la fête ne formèrent plus que de petits points de couleur dans le lointain, et la rumeur de la foule fut recouverte par la musique du ressac.

Entre les arbres et leurs ombres immenses, ils empruntaient le chemin de Fire Cove.

— Je croyais que vous deviez me faire découvrir Lokvar, et vous êtes en train de me raccompagner chez moi ! s'écria-t-elle en riant.

— Non, non. Faites-moi confiance.

Il n'avait pas lâché sa main, et, lorsqu'ils culminèrent au sommet le plus élevé du sentier, Damir bifurqua, empruntant le chemin opposé à la villa.

Peu à peu, la densité forestière augmenta autour d'eux. Ils empruntaient un passage à peine balisé, étroit et caillouteux.

Le parfum des feuilles et de l'humidité, associé à l'air marin et à la tiédeur de la fin d'après-midi, avait quelque chose de grisant.

Ils grimpèrent et grimpèrent encore, et, lorsque Damir s'arrêta pour se tourner vers elle, elle lâcha une exclamation de stupeur. La majesté de la vue qui s'étendait sous ses pieds lui coupait le souffle.

Ils avaient atteint la cime de la côte, et Lokvar semblait allongée et offerte à leur regard. À l'est, le port et le village. Au sud-est, la baie de Fire Cove et la villa, invisible depuis ces hauteurs. Et, face à eux, la pointe de l'île et les ruines de ce qui avait été autrefois un monastère médiéval – vestiges grandioses caressés par l'écume.

Le panorama était si vaste, si riche, si époustouflant qu'elle en fut émue, et elle s'assit sans mot dire sur un rocher pour offrir son visage à la brise. Visiblement, son compagnon était aussi sensible qu'elle à la beauté sauvage de l'île, et il s'installa à son tour au pied d'un arbre, admirant en silence les jeux du soleil sur les criques.

Lily adorait ce moment de la journée. Le soleil commençait à se coucher et, en s'approchant de l'Adriatique, il semblait accélérer le mouvement. Ses rayons mordorés changeaient un simple roc de granit en quartz mystérieux et irradiant de reflets.

L'île était une véritable oasis, sa végétation très dense rafraîchissant les nuits estivales et limitant les risques de canicule nocive.

Peu à peu, après s'être laissé zébrer de rubans multicolores, le ciel se fit d'un bleu outremer. Le soir tombait.

— J'aimais beaucoup venir ici quand j'étais enfant, raconta Damir. Je me tenais debout sur cette cime, l'île à mes pieds, et je jurais que…

Comme il s'était interrompu, elle tourna vers lui un regard empli de curiosité.

— Quoi donc ? demanda-t-elle.

Il parut hésiter.

— Qu'un jour elle serait toute à moi, avoua-t-il.

— Et c'est le cas, non ?

— Presque.

Lily lui retourna un sourire moqueur.

— Vous faites un fameux conquistador !

Il acquiesça en riant.

— J'essaye, oui.

— Vous faites mieux qu'essayer. Vous réussissez. J'ai l'impression que rien ne vous résiste.

Elle avait prononcé ces mots innocemment, et comprit soudain que dans la douce lumière du crépuscule, grâce à l'atmosphère de grâce et de solitude qui les enveloppait, ils se chargeaient de volupté. D'un irrésistible élan de romantisme.

Même en s'asseyant, ils ne s'étaient pas lâchés : leurs mains restaient jointes. Et soudain Lily perçut plus sensiblement la chaleur du corps de Damir. La forme puissante et douce de ses doigts. À cet instant précis, il lui reprit sa main et, durant une fraction de seconde, elle éprouva une inexplicable sensation de vide. De manque.

Comme il se levait, elle suivit le mouvement à contre-cœur, et une exquise nappe de chaleur l'enveloppa dès qu'il posa l'index sur son front pour repousser délicatement une mèche de ses cheveux. Elle s'immobilisa. Ils se tenaient face à face, à quelques centimètres à peine l'un de l'autre. Frémissante, elle ferma les yeux, savourant ce contact. Puis elle les rouvrit et le considéra avec gravité pour demander :

— Ça fait partie de la prestation touristique ?

Damir remarqua que sa voix était légèrement éraillée. Comme sous l'effet d'une intense émotion. Sans la quitter du regard, il secoua lentement la tête.

— D'habitude, non.

Impossible de déchiffrer le sens des petites flammes qui dansaient dans son regard d'un bleu d'océan.

— Mais ce soir oui ? souffla-t-elle.

Il n'avait pas envie de répondre. Pas par des mots.

Lentement, il glissa le bras autour de sa taille pour l'attirer vers lui. Elle était grande, mais il la dépassait d'une tête, et il se pencha pour frôler sa bouche de la sienne. Interdite, elle le laissa un instant poursuivre l'esquisse de ce baiser d'une infinie légèreté, comme une timide caresse, avant d'entrouvrir les lèvres. Grisé par le plaisir de sentir sa chair tendre et fraîche, il approfondit leur baiser, ravi qu'elle l'invite à poursuivre sa lente exploration. Bientôt, leurs langues s'enroulèrent l'une autour de l'autre avec une langueur qui s'enfiévra. Elle avait un goût de sel, un parfum de soleil et d'embruns, et Damir avait envie de s'enivrer de cette femme, de se laisser captiver, capturer par l'attirance ensorcelante qu'elle exerçait sur lui.

Lorsqu'elle laissa échapper un petit soupir de plaisir, comme il la pressait plus étroitement contre lui, il sentit son désir monter plus inexorablement pour irriguer tout son corps. Les seins ronds et fermes de Lily pointaient contre son torse, et ses mains erraient furieusement sur sa taille comme sur ses hanches, affamées de ses formes.

— Lily, murmura-t-il d'un ton rauque en aventurant ses doigts brûlants sous la soie de sa tunique pour savourer la douceur de sa peau et remonter vers sa poitrine.

Ils s'embrassaient passionnément, furieusement, et il aimait sentir les ongles de la jeune femme faire crisser ses cheveux, s'enfoncer dans sa nuque. Elle était si belle, si excitante... Lorsqu'il sentit la rondeur de ses seins sous la soie de son soutien-gorge, et que sa paume épousa leur forme parfaite, il crut qu'un volcan s'éveillait en lui. Le sang qui fusait dans ses veines devenait une lave propre à tout ravager sur son passage.

Aucune femme ne lui avait fait un tel effet, et jamais il n'avait éprouvé un désir d'une telle puissance depuis...

— Lily, chuchota-t-il en s'arrachant soudain à leur étreinte.

Un mélange de désir, de frustration et de terreur faisait trembler sa cage thoracique. Bon sang, il avait été tout près de perdre complètement la tête. À aucun moment il n'avait voulu qu'un petit jeu de séduction ne dérive vers un tel feu d'artifice de passion et de fièvre – *ce n'était pas prévu au programme*. Pas seulement parce que Lily Woodhouse représentait sa meilleure arme pour conclure le contrat dont il rêvait, mais parce qu'il s'était juré de ne plus jamais permettre à une femme d'exercer tant de pouvoir sur lui.

Il avait peur. Il venait de lâcher tout contrôle… ce qui ne lui ressemblait pas.

Lentement, il reporta son attention sur elle. Le regard encore embué, elle rajustait sa tunique et passait une main dans ses cheveux décoiffés.

— Bon, finalement, le petit flirt…

— … fait partie de vos talents incontestables, affirma-t-il en souriant.

— C'est vrai ? répliqua-t-elle d'un ton à la fois timide et taquin.

Rivant son regard au sien, il acquiesça avec soulagement. S'il ne s'agissait que d'un flirt, alors… Il aurait aimé s'en convaincre, mais le soulagement ne venait pas. Impossible d'oublier ce qu'il venait de ressentir. L'homme qu'il était devenu, l'espace d'un instant, aux antipodes de celui qu'il voulait être.

— Vous êtes d'accord pour continuer à me servir de guide durant les prochaines semaines ? demanda-t-elle.

— Si vous le voulez bien, j'en serais très heureux, oui.

Ses joues étaient roses, ses lèvres, d'un rouge écarlate. La tentation était forte de la reprendre dans ses bras.

— Vous comprenez, reprit-elle d'un ton trahissant son embarras, mon séjour ici est si bref ! Je ne voudrais pas quitter Lokvar en ayant le sentiment de ne pas l'avoir vraiment visitée.

Lui aussi était gêné. Ou plutôt troublé. Excessivement troublé.

— Je vous promets de vous montrer les secrets les mieux gardés de Lokvar, dit-il.

— Merci. Je m'en réjouis d'avance. On y va ? La nuit tombe, et je crois qu'il est temps que j'aille retrouver Ana.

— Vous avez raison, déclara-t-il en l'engageant à le suivre sur le sentier, en direction du village.

Comme ils marchaient côte à côte, Damir ne put s'empêcher de la contempler du coin de l'œil. D'admirer sa nuque gracile et son port de tête altier, ses mouvements gracieux, l'ondulation de ses hanches et de sa taille souple… Il aurait aimé lui prendre la main, comme à l'aller.

— Donnez-moi votre numéro de mobile pour que nous prenions rendez-vous, suggéra-t-il. J'ai une idée, pour la deuxième sortie. Vous êtes sujette au mal de mer ?

Elle lui retourna un regard étonné.

— Non, je ne crois pas, répondit-elle. Mais, Damir…

Elle parut hésiter avant de lever vers lui ses yeux immenses, où il lut son anxiété.

— Écoutez, je n'ai jamais été le genre de fille qui passe au radar tous les garçons de la soirée pour en choisir un et repartir avec. Je suis plutôt le style qui discute dans la cuisine et repart tôt pour reprendre ses révisions. Mais…

Elle poussa un long soupir avant d'ajouter :

— Cet été, j'ai envie que ce soit différent. Alors merci de m'accueillir comme vous le faites. De me faire me sentir bienvenue. J'apprécie beaucoup.

Damir détourna les yeux. Il aurait dû jubiler intérieurement, à la perspective de ces nombreuses occasions de rallier la jeune femme à sa cause. Sans l'ombre d'un doute, obtenir la villa demeurait son objectif. Mais à quel prix ? Berner Lily, la bercer d'illusions ? À moins que ce ne soit lui qui se fasse berner ?

6.

C'était une journée idéale pour naviguer : la force du vent et le calme de la mer semblaient même presque trop parfaits. Cette fois, Damir s'en tiendrait à son programme. Maîtrisant ses élans, tout en flegme et en sang-froid, il se contenterait d'offrir à Lily une promenade mémorable. Du moins, si elle venait, comme convenu : il l'attendait depuis une heure.

Une dernière fois, il vérifia que le réfrigérateur était plein, rajusta les coussins sur la banquette, s'assura de l'état rutilant des cabines.

— Ohé !

Enfin, la voix de Lily retentit.

— Désolée d'être en retard, dit-elle comme il se retournait pour la voir apparaître sur la jetée, un sac de toile négligemment jeté sur l'épaule, les cheveux retenus en queue-de-cheval.

Elle était ravissante, dans sa robe bain de soleil turquoise caressant ses chevilles et ses nu-pieds à lanières d'argent, révélant la finesse de ses orteils vernis de rouge. Ses longs bras fins lui donnèrent envie d'y déposer une traînée de baisers brûlants et, dès qu'il aperçut la naissance de ses seins dans son décolleté, il sentit une crampe gagner son bas-ventre.

— Pas du tout, répondit-il en s'approchant pour lui tendre la main.

Il prit son sac, étonnamment lourd, et l'aida à grimper à bord. Plusieurs jours s'étant écoulés depuis la fête, il s'était naïvement bercé de l'illusion qu'en la revoyant il serait immunisé contre ses charmes. Mais, dès que sa main entra en contact avec la sienne, une décharge électrique le transperça, exactement comme le premier jour.

— Quand vous m'avez parlé de bateau, reprit-elle en jetant un regard émerveillé autour d'elle, je m'attendais à un simple hors-bord… Pas à un cruiser aussi luxueux, ni de cette taille !

— Techniquement, précisa-t-il avec une fausse nonchalance, c'est un yacht. Ravi qu'il vous plaise.

C'était sa fierté. Comme tous les enfants ayant grandi sur une île, Damir connaissait bien les bateaux, et la *Zora* n'avait rien à voir avec ceux qu'il pratiquait durant sa jeunesse, des navires de pêche aux voiliers en passant par les cruisers.

Les connaisseurs admiraient sa coque frégatée de seize mètres, la puissance de son moteur et sa vitesse de croisière à trente nœuds, les profanes s'émerveillaient de l'espace sur le pont et dans les deux cabines, aussi luxueusement équipées qu'un palace.

Caressant le teck du cockpit d'une main délicate, elle le dévisagea, impressionnée.

— S'il me plaît ? Je suis subjuguée ! Vous me faites visiter ?

Damir lui fit faire le tour du pont, sans s'étendre sur les aspects techniques. Depuis la plate-forme, meublée d'une table et de deux bancs confortables, il était possible de siroter un cocktail en admirant le coucher du soleil. La chambre et surtout sa salle de bains attenante firent forte impression sur Lily, de même que la seconde cabine, qui servait de salon. La petite cuisine admirablement équipée retint longuement son attention, mais, lorsque Damir se mit à lui exposer les performances générales de l'engin, elle esquissa une moue moqueuse.

— Excusez-moi, dit-il en s'esclaffant. Je suis capable de chanter les louanges de la *Zora* durant des heures… Bienvenue à bord, Lily !

— Merci, Damir. Et ne vous excusez pas. Votre enthousiasme fait plaisir à voir, et loin de moi l'idée de séparer un homme de sa grande passion…

— Vous avez mis dans le mille, déclara-t-il. C'est ma grande passion. À tel point que, si je reprenais un jour la vie de couple, nous serions toujours trois.

Ils avaient regagné le pont, et il ne put s'empêcher de plonger son regard dans le sien. Le bleu presque surnaturel de ses yeux l'hypnotisait. Par ce plein soleil, il oscillait entre l'améthyste et l'azur.

Haussant les épaules, elle répondit d'un ton compréhensif :

— Je suis sûre que cela ne dérangerait pas votre petite amie. Au moins, vous ne vous en cachez pas, les choses sont claires…

— Jusqu'à présent, cela n'a jamais été un problème, mais… Et vous ? Vous êtes partageuse ? demanda-t-il en lui coulant une œillade de défi.

— Il ne m'est pas encore arrivé d'être jalouse d'un bateau, répliqua-t-elle en le fixant avec intensité.

L'air se chargea d'électricité. Et du souvenir de leur baiser passionné, quelques jours auparavant… Comment l'oublier ? Damir se hâta de changer de sujet.

— J'espère que vous n'êtes pas malade en mer, parce que j'ai l'intention de vous emmener à Dubrovnik par le chemin le plus long, afin que vous puissiez admirer le vieux port, la côte et Sunset Bay. Ensuite, je vous montrerai les remparts. Qu'en dites-vous ?

— C'est un programme fabuleux ! Je vous suis reconnaissante de prendre le temps de m'offrir ce circuit. Est-ce que je peux me rendre utile durant la traversée ?

Il haussa les sourcils.

— Je ne sais pas. Vous avez déjà fait du bateau ?

— J'ai navigué sur un petit voilier pendant un été, oui. Il ne m'en reste pas grand-chose, mais j'apprends vite.

Devant son sourire irrésistible, Damir se sentit fondre.

— Très bien. Dans ce cas, venez, je vais vous montrer comment quitter le port.

La manœuvre s'avérait aisée, à Lokvar, et Damir prit plaisir à transmettre à la jeune femme quelques rudiments pour manier la *Zora*.

C'était étrange, car d'ordinaire il se montrait toujours très possessif avec son bateau. Or Lily l'impressionnait par la précision de ses gestes et ses précautions.

— J'ai comme l'impression que vous possédez la prédisposition naturelle qu'on ne trouve que chez les vrais marins, nota-t-il.

— Vous exagérez, dit-elle en riant.

Allant chercher son sac, elle l'ouvrit et s'exclama triomphalement :

— Vous n'imaginez pas quelles ruses j'ai dû employer pour passer sous les radars du chef ! Ana m'a permis de lui prendre deux grandes bouteilles de sa limonade. Vous allez voir, c'est la meilleure du monde. Je lui ai demandé la recette, mais apparemment elle l'a classée secret-défense. Et puis j'ai emporté des beignets aux épinards, ils sont divins.

— Vous n'auriez pas dû… C'est formidable, répondit-il, stupéfait.

C'était l'heure du déjeuner et, comme ils avaient atteint la vitesse de croisière, ils pouvaient s'attabler. Fixant l'horizon, tout en dégustant avec elle cet excellent repas, il cherchait à surmonter son trouble.

Il lui était parfois arrivé de faire monter une femme à bord de la *Zora*, depuis son divorce. Ses conquêtes s'attendaient toujours à ce qu'il ait tout prévu – et cela ne le dérangeait pas. Mais il devait avouer que c'était un changement très agréable, de recevoir quelqu'un qui avait pensé à lui *aussi*, qui ne le considérait pas comme un simple fournisseur de services.

Oui, décidément, c'était très agréable.

Bouche bée, Lily restait immobile, les yeux rivés sur les merveilles de la côte de Dubrovnik. Même à cette distance, depuis la mer, elle comprenait pourquoi la ville avait été surnommée « la perle de l'Adriatique ». La vue des dômes inondés de soleil par-delà les fortifications restées intactes lui coupait le souffle.

— C'est incroyable. J'avais vu des photos sur Internet et dans mon guide, bien sûr, mais… rien ne m'avait préparée à ça. Quelle chance vous avez, de vivre dans une ville aussi belle !

Elle comprenait d'autant moins que Josip ait juré de ne jamais revenir. Si Dubrovnik avait été sa cité natale, peut-être aurait-elle réussi à survivre au loin, mais son souvenir l'aurait hantée à chaque instant. Il allait falloir qu'elle en discute avec lui.

Comme ils parvenaient dans le port, elle se garda cette fois de proposer son aide au capitaine : il fallait autant d'expérience que de talent pour parvenir à piloter la

Zora entre les centaines de navires amarrés, et mouiller à l'endroit choisi par Damir.

— C'est la raison pour laquelle je vous avais priée d'arriver tôt, dit-il en désignant la zone où s'étendait la vieille ville. La marina est déjà pleine, ce qui signifie que la foule est dense dans les quartiers historiques.

— Aucune importance, rétorqua-t-elle avec entrain. Je suis une touriste, moi aussi, et je veux voir tout ce que ces gens viennent voir. Montrez-moi les attractions les plus populaires, même si c'est complètement cliché !

— Vos désirs sont des ordres, madame !

Lorsqu'il lui sourit, elle sentit son cœur battre à coups redoublés, mais la voix de sa conscience lui conseilla de ne pas s'emballer. Du calme. Depuis leurs retrouvailles, Damir n'avait esquissé aucun geste équivoque. Il s'était montré amical, rien de plus. C'était presque comme si leur baiser n'avait jamais eu lieu…

Pourtant, ce baiser passionné lui avait fait tourner la tête, et elle y repensait souvent – très souvent. Le jour comme la nuit. Elle ne se rappelait pas avoir éprouvé une telle attirance pour un homme depuis longtemps, et encore moins avoir partagé un premier baiser mêlant tant de romantisme à un érotisme frémissant.

Et, justement, ce frémissement délicieux, prometteur, une part d'elle-même avait envie d'y donner suite. Afin de savoir si un deuxième chapitre confirmerait la force des sensations qu'elle avait éprouvées dans les bras de Damir, face à l'un des plus beaux panoramas qu'elle ait pu contempler dans sa vie.

Mais… dans le même temps, elle avait peur de poursuivre. La force de sa propre réaction l'avait sidérée. Si Damir n'avait pas interrompu leur baiser, que se serait-il passé ? Auraient-ils fait l'amour par terre ou contre un arbre ? Le fait qu'elle n'en soit pas sûre la décontenançait.

Tout comme sa propension à imaginer, la nuit, dans sa chambre, ce qu'aurait été cette étreinte nocturne dans la nature…

Revenant au présent, elle suivit gaiement Damir, et ils quittèrent le port de plaisance pour emprunter de merveilleuses rues entièrement dallées de pierres blanches. Alors commença la visite et un émerveillement de chaque seconde.

Avec la même excitation que lorsqu'elle avait dix ans, Lily emboîta le pas à Damir au fil des fameuses ruelles au charme labyrinthique. Certaines se terminaient en impasse, d'autres débouchaient sur une charmante petite place. Chaque fois qu'elle s'immobilisait pour lâcher un cri d'admiration devant un antique escalier de pierre ou des glycines tombant sur toute la longueur d'un mur, il l'invitait à presser le pas, l'empêchant de prendre des photos, comme de s'approcher du menu des restaurants et des vitrines des boutiques. Lancé au pas de charge, il était visiblement désireux de gagner un autre quartier.

Enfin, il lui expliqua qu'il avait pris des tickets pour qu'ils accèdent à la promenade sur les célèbres remparts, et elle se mit à sautiller de joie.

— Oh ! merci ! J'en ai tellement entendu parler !

Damir sourit, et ils gravirent les vieilles pierres. Heureusement que Lily était armée de tout son enthousiasme, car elle ne tarda pas à constater que ce chef-d'œuvre de l'architecture mondiale se méritait, exigeant quelques efforts physiques… À cette latitude, le soleil de la mi-journée tapait fort, et, bien que la haute saison soit tout juste inaugurée, des centaines de touristes se pressaient dans les escaliers étroits, formant des nuées noires à proximité des tours, et au niveau maritime de la muraille. La vue était exceptionnelle. Sur la ville et ses toits couleur orange brûlée, sur la mer d'un bleu si pur et si étincelant qu'elle en était aveuglée.

Lily courait d'un point à l'autre, époustouflée par la conservation parfaite de cette enceinte médiévale et par l'ingéniosité de sa structure. En dépit des protestations de Damir, elle l'obligea à se laisser prendre en photo avec elle. Évidemment, la même sortie à l'automne, sous une brise de soleil levant et sans la cohorte de visiteurs, devait être encore plus prodigieuse, mais elle avait le cœur battant de joie lorsqu'ils regagnèrent le cœur de la ville.

Infatigable guide, Damir poursuivit la visite. Lily avait chaud, elle sentait que son front et ses joues avaient viré au rouge écrevisse, et comme ils s'engageaient dans une rue à même la côte, gravissant des centaines de marches, elle se demanda pourquoi ils ne profitaient pas d'une terrasse parmi les dizaines de ravissants cafés ouverts, pour se désaltérer et déguster une glace…

— Vous voulez me tuer ? grommela-t-elle comme ils continuaient d'escalader un escalier sans fin.

— Peut-être, si vous refusez toujours de commander une bière locale, artisanat dont nous sommes si fiers, par ici…

— *Une bière ?* répéta-t-elle, interloquée.

Il était à peine 17 heures. Hormis un verre de vin en société, Lily ne buvait quasiment jamais d'alcool. La bataille que sa mère avait dû mener pour s'en désintoxiquer, ainsi que des drogues, lui avait enseigné à s'en méfier. Aussi, Lily n'avait jamais avalé une boisson alcoolisée en plein après-midi.

— Ou un soda, naturellement, ajouta-t-il d'un ton

décontracté. Mais l'endroit où je vous emmène mérite qu'on trinque dans les règles de l'art…

De plus en plus intriguée, Lily pressa l'allure. Enfin, ils parvinrent au sommet de l'escalier et, face à une excavation surmontée d'une arche, elle lut le mot « bar » inscrit à la craie sur une ardoise.

Haussant les sourcils, elle dévisagea Damir, qui se contentait de sourire d'un air mystérieux et de l'inviter à entrer.

Parvenue de l'autre côté, elle cligna des yeux. C'était extraordinaire. L'établissement, en à-pic, surplombait la mer et, au-dessous de sa plate-forme principale, se prolongeait en terrasses successives, accessibles par des marches creusées à même le roc. Sur la quatrième, des jeunes gens en maillot de bain se faisaient bronzer, tandis que d'autres n'hésitaient pas à plonger et à s'offrir une baignade. Médusée, elle contempla l'un d'eux qui exécutait une vrille impeccable.

— Un bain vous fait envie ? demanda Damir.

Elle releva vers lui un regard incrédule.

— Vous plaisantez ! Il n'est pas question que je saute depuis une telle hauteur !

Elle en frémit de vertige.

— C'est une façon d'aller nager, déclara-t-il en souriant, mais si vous vous penchez un peu vous apercevrez l'escalier qui descend encore jusque dans la crique.

Lily avança d'un pas et aperçut alors une baie partagée par les nageurs et les amateurs de kayak.

— Vous avez pris votre maillot, comme je vous l'avais suggéré ?

— Oui, je le porte, répondit-elle. Vous me l'avez rappelé trois fois.

Tenant fermement le cordage qui faisait office de

rampe, Lily emprunta le chemin d'accès, à la suite de Damir, et sentit un frisson d'excitation la parcourir dès qu'ils parvinrent dans la crique. Après avoir posé son sac sur le sol, elle ôta sa robe et ne put s'empêcher de lorgner en direction de son compagnon : Damir se débarrassa en un clin d'œil de son T-shirt blanc et de son pantalon en toile, lui révélant la puissance de son torse bronzé, ses épaules rondes et le dessin de ses pectoraux. Une fine toison brune courait vers l'élastique de son caleçon de bain. Elle déglutit lentement. Ces jambes musclées, cette peau lisse, cette silhouette d'athlète… Oui, Damir était un *très* bel homme.

— Eh bien, venez ! Qu'est-ce que vous attendez ? lança-t-il, une lueur malicieuse dans les yeux.

Lily avait tellement chaud qu'elle n'hésita pas à se jeter à sa suite dans la mer, poussant un cri de stupeur et de plaisir au contact soudain de l'eau fraîche sur sa peau brûlante. Ravie, elle fondit sous la surface pour quelques mouvements de brasse coulée avant de faire la planche. La température était idéale, et la mer, si calme… Cette baignade était divine.

Non loin d'elle, Damir esquissait un crawl indolent, paresseux. Elle n'aurait su dire combien de temps ils passèrent dans l'eau, mais en ce qui la concernait elle se sentait si bien qu'elle aurait pu demeurer le restant de sa vie sous ce soleil croate, à jouer les sirènes, rêvant aux centaines de générations qui étaient venues barboter avant eux dans ce petit coin de paradis.

7.

À contrecœur, malgré leur longue baignade d'une heure, Lily avait suivi Damir sur les rochers où ils s'étaient fait sécher, avant de grimper au bar. La meilleure table leur était réservée, et elle se laissa convaincre de goûter la bière.

— Quel endroit fabuleux, dit-elle en avalant une seconde gorgée du liquide ambré.

Il lui parut moins âpre qu'à la première – ou bien c'était elle qui commençait à apprécier son amertume.

— C'est presque une institution, à Dubrovnik, répondit-il. L'adresse figure dans tous les guides de tourisme, et pourtant chacun a l'impression d'en faire la découverte et d'être un pionnier. Ce que j'aime, ici, c'est que même lorsque le café affiche complet on conserve une sensation d'espace. On ne se retrouve jamais les uns sur les autres.

— Vous venez souvent ?

Une ombre passa sur le visage de son compagnon.

— Je crois que je n'avais pas remis les pieds ici depuis sept ans, dit-il.

Derrière ses lunettes de soleil, son regard était indéchiffrable.

— Ah bon ? Pourquoi ? demanda-t-elle, incapable de museler sa curiosité.

Un sourire vaguement mélancolique s'imprima sur ses lèvres.

— Parce que c'était l'un des lieux favoris de mon ex-femme. Nous venions régulièrement ici. Après son départ, j'ai préféré me tourner vers d'autres adresses, moins chargées de souvenirs.

Et pourtant il avait tenu à lui faire connaître ce bar, songea-t-elle en réprimant son émotion et son étonnement. Il y avait de quoi se sentir flattée.

— Désolée que votre mariage n'ait pas marché… Il y a sept ans, dites-vous ?

Il devait alors avoir dans les vingt-cinq ans : en Angleterre, rares étaient les amis de son âge à avoir scellé un engagement conjugal si jeunes.

— Oh ! vous savez, ce sont les choses de la vie, soupira-t-il. À la fin, nous ne regardions plus du tout dans la même direction.

Lily attendit qu'il développe – ou pas – de sa propre initiative. Mais elle espérait qu'il le ferait. Elle aimait sentir la complicité grandir entre eux.

— Kata voulait une vie normale, expliqua-t-il. Une famille, un mari qui rentre chaque soir pour dîner, qui soit présent tout le week-end. Elle vivait mal le fait que j'accorde tant d'heures à mon travail. Au même moment, mon père souhaitait étendre ses affaires, et il avait besoin de moi le soir, sept jours sur sept… Après sa mort, la pression s'est encore intensifiée. La communication entre ma femme et moi s'est tarie, et elle est partie. Elle s'est remariée, et elle a un enfant.

— Je suis navrée, murmura-t-elle en couvrant sa main de la sienne. Pour votre père et votre couple.

Il haussa les épaules.

— Nous sommes allés trop vite, reprit-il d'un ton las. Je l'ai rencontrée au lycée, c'était probablement une erreur de nous marier si tôt. Je n'avais jamais vécu avec une femme, je me lançais dans ma carrière…

— Oui, c'est difficile de trouver l'équilibre entre la vie professionnelle et la vie privée.

— Très, renchérit-il. Fréquentez quelqu'un qui a la même charge de travail que vous, et vous ne vous verrez jamais, préférez une personne plus disponible et elle en sera frustrée… Vous avez été mariée, Lily ?

— Moi ? Non. Je n'ai jamais vécu non plus en concubinage, à cause de ce que vous venez de décrire : je fais passer ma carrière d'abord. Pendant deux ans, j'ai été en couple avec un autre avocat de mon cabinet, et, lorsque nous avons rompu, je me suis aperçue avec tristesse que cela ne changeait strictement rien à ma vie. Je suis certaine que Seb a fait le même constat.

Elle poussa un long soupir avant d'enchaîner :

— Quand j'observe Josip et ma mère, que je les vois tellement à l'aise l'un avec l'autre, comme s'ils se complétaient, je m'interroge. Je n'ai jamais éprouvé ce sentiment avec personne. Mais il est vrai que je n'ai fait aucun effort pour chercher ce type de relation.

Damir secoua la tête en signe d'impuissance.

— Et voilà ! On en revient toujours au même point. Trouver le partenaire qui accepte qu'on donne la priorité à son métier revient à chercher une aiguille dans une botte de foin.

Lily ne put réprimer un sourire amusé.

— Alors vous êtes resté célibataire depuis votre divorce ?

— Célibataire ? Non. Mais je ne cherche plus de relation sérieuse, et je me montre toujours très clair à cet égard. Pas question de blesser quelqu'un inutilement, de laisser une femme nourrir de faux espoirs. Mais quand on est d'accord pour passer un peu de bon temps ensemble, sans arrière-pensée, je me lance.

Comme elle avait laissé sa main sur la sienne, il caressa délicatement sa peau du bout de l'index et enchaîna :

— Par exemple, toi, Lily… Tu me plais, et je crois que je te plais aussi. J'aimerais beaucoup apprendre à te connaître durant ton séjour en Croatie.

Surmontant le trouble qui enflammait son bas-ventre, elle fit mine de rire.

— Apprendre à me connaître ? répéta-t-elle. S'agit-il d'un code pour désigner les visites de la région comme celle d'aujourd'hui, ou bien le genre de liaison d'un été que vous… que tu viens d'évoquer ?

Elle s'efforçait de s'exprimer avec décontraction, alors que son cœur martelait un rythme endiablé et qu'un bourdonnement faisait siffler ses oreilles. Face à elle se tenait un homme outrageusement séduisant, à la réputation de play-boy, qui lui faisait des avances à peine voilées.

— Ce n'est pas un code. C'est à interpréter au premier degré. Apprendre à nous connaître l'un l'autre, et voir où cela nous mène. Si cela nous mène effectivement quelque part, tant mieux, et sinon nous pourrons nous dire au revoir à la fin de l'été sans aigreur, en ne conservant que de bons souvenirs. Qu'en dis-tu ?

Ce qu'elle en disait ? Lily était tellement désarçonnée par la réaction physique que lui inspirait Damir… Elle lui avait dit la vérité : jusqu'alors, elle n'avait guère investi le moindre effort dans sa vie amoureuse. Or elle n'avait jamais non plus connu le frisson d'une aventure. Sage, prudente, elle était du genre à rencontrer un homme plusieurs fois, de façon assez formelle, au restaurant, avant de savoir si elle avait envie de poursuivre la relation… Parce qu'elle réfléchissait en termes de succès, de réussite.

Mais si elle faisait l'impasse sur l'objectif, ainsi qu'il le suggérait ? N'était-elle pas venue précisément pour vivre dans l'instant présent ? *Carpe diem.* Son intuition lui soufflait qu'elle pourrait passer des moments formidables avec lui, si elle acceptait le marché – quelques semaines, rien de plus.

Levant sa pinte, elle sourit et répliqua :

— Je crois que nous devrions porter un toast au plaisir d'apprendre à se connaître sans arrière-pensée… À l'été qui vient !

Un large sourire éclaira le visage de Damir.

— À l'été qui vient ! répondit-il en faisant tinter son verre contre le sien.

Lily commençait à aimer le goût de la bière, et une étrange sensation de bien-être l'envahit. Contre toute attente, elle se réjouissait de se débarrasser de son éternel besoin de tout planifier, et d'avoir toute une saison à vivre dans l'inattendu et la surprise.

— Vous êtes certaine que cela ne vous dérange pas, Lily ? Vous n'avez pas levé le pied de toute la semaine, et je m'en veux de vous faire renoncer à vos plans…

Ana levait vers elle un regard anxieux, et Lily sourit.

— Mais non, bien sûr, que cela ne me dérange pas. Je peux retrouver Damir n'importe quel autre jour.

— Ce restaurant, gémit encore la cousine de Josip. Ce restaurant réputé où vous auriez dû passer votre soirée !

— Ce n'est pas la fin du monde, et je serai tout aussi heureuse d'aller déguster des beignets de poisson et un cornet de frites dans la vieille ville une autre fois. Allons, maintenant, cessez de vous morfondre à propos de mes loisirs et allez vous reposer.

Ana avait le teint pâle et les traits tirés. Elle acquiesça

et se dirigea vers l'escalier pour monter dans sa chambre. Dès qu'elle eut disparu, Lily lâcha un profond soupir.

Décidément, elle n'avait pas de chance. Non seulement Ana était frappée de migraine, mais Ivana, la jeune serveuse, s'était foulé la cheville : deux membres du personnel absents un samedi, pour la soirée la plus chargée de la semaine ! Il faudrait qu'elle sache les remplacer à elle seule, alors qu'elle était loin d'être aussi rapide et efficace qu'elles. Et puis, pour dire la vérité, elle se faisait une joie de ce dîner avec Damir dans un restaurant de Dubrovnik…

Ils avaient tout juste pu échanger quelques messages, depuis leur grande visite de la cité, huit jours auparavant. Le bed & breakfast affichait complet, et son bar était pris d'assaut par les touristes du matin au soir. Lily passait l'essentiel de ses journées à servir cafés et cocktails, éliminer le sable des chaises longues, tenir la caisse et dresser les tables pour la soirée. Damir venait de passer plusieurs jours à Zagreb pour ses affaires, et elle savait qu'il était aussi impatient qu'elle de la retrouver en fin de journée… N'était-il pas paradoxal de s'accorder quelques semaines d'improvisation loin du bureau, et de se retrouver coincée par les obligations professionnelles ?

Ah, tant pis. Surmontant sa déception, elle prit son téléphone et pianota un texto à l'attention de Damir, avant de se remettre à l'ouvrage : toutes les chaises longues du bar étaient occupées, et la plage de Fire Cove était déjà noire de monde, en cette fin de matinée.

Le coup de feu de midi, avec son service intense, l'empêcha de se ronger de regrets. Damir et elle avaient prévu de naviguer tout l'après-midi autour de l'archipel des Élaphites, avant de visiter d'autres coins de Dubrovnik et d'y rester pour dîner…

Mais la pression continue de la journée finit par lui rendre sa belle humeur. Il fallait être en grande forme physique, pour suivre la cadence ! Or, à sa propre surprise, alors qu'elle avait cru être faite pour un métier sédentaire, Lily découvrait qu'elle aimait courir en tous sens et sentir son corps répondre aux efforts exigés par le service de plage. Sans doute avait-elle passé beaucoup trop de journées immobile derrière ses piles de livres de droit ou son ordinateur… seule. Son métier était si différent de sa mission à Fire Cove ! Elle appréciait beaucoup le contact avec la clientèle, d'échanger cent sourires par jour avec des inconnus, de voir tous ces visages réjouis, les cheveux des enfants remplis de sable, d'entendre les rires des adolescents… Servir un jus de fruits ou un soda n'avait rien d'héroïque, et pourtant elle en tirait plus de satisfaction qu'elle ne l'aurait imaginé. C'était gratifiant de savoir qu'elle contribuait à la réussite des vacances de quelqu'un, juste en lui apportant ce qu'il désirait.

Souriant à une famille qui rentrait juste de la plage, elle ramassait leurs verres vides et se précipitait en cuisine quand elle discerna une silhouette à l'accueil.

— Je suis à vous tout de suite ! lança-t-elle sans se retourner.

— Oh ! prends ton temps, je ne suis pas pressé.

Reconnaissant aussitôt la voix masculine au timbre de velours, elle fit volte-face et manqua renverser son plateau.

— Damir ! s'exclama-t-elle.

Elle était rouge, en sueur, son T-shirt collait à sa poitrine et elle avait conscience que son chignon devait avoir pris la forme d'un porc-épic.

Dans son T-shirt noir à manches longues, son pantalon beige et ses baskets en toile, il était plus séduisant que jamais.

— Mais… tu n'as pas reçu mon message ? demanda-t-elle, consternée. Je suis vraiment désolée, je ne peux pas du tout me libérer, aujourd'hui. Nous sommes en sous-effectif, impossible de me défiler.

— Je sais, répondit-il avec simplicité. Tu veux de l'aide pour ça ?

Désignant son plateau, il n'attendit pas sa réponse et lui prit des mains.

— Tu ne pourras pas te défiler avec moi non plus, déclara-t-il. Nous avions rendez-vous.

— Je sais bien, mais…

— Alors nous allons improviser, dit-il en l'interrompant. Quel poste veux-tu me confier ?

Elle le dévisagea sans comprendre.

— Comment ?

— Tu manques de personnel, ce soir, n'est-ce pas ? Eh bien, tu as une chance incroyable : je travaillais dans un café avant même de savoir mes tables de multiplication ! Il ne te reste plus qu'à m'assigner mon travail.

— Oh non, je ne peux pas te demander ça…

— Pourquoi pas ?

Décontenancée, elle considéra son offre. Luka était au bar, à enchaîner la préparation des cocktails, or il devrait bientôt changer de casquette : avec la happy hour et le long créneau de l'apéritif, il servirait sur la plage avant de seconder Antun en cuisine avec les pizzas. Elle était seule pour le service de la terrasse, et il n'y aurait personne au bar…

— J'ai été en réunion toute la semaine, et la seule chose qui m'a permis de tenir, c'était la perspective de notre soirée, déclara-t-il. J'ai envie que nous la passions ensemble.

Touchée par cette proposition irrésistible, Lily n'avait plus à hésiter.

— Tu sais préparer des cocktails ? Te servir d'une machine à café ?

— Naturellement, répliqua-t-il, un sourire arrogant aux lèvres.

— Eh bien, dans ce cas, tu es embauché. Antun est un Michel-Ange de la pizza, et il sera accaparé par son four toute la soirée. Luka se chargera de la clientèle de la plage, tu tiendras le bar et je continuerai le service ici. Mais… tu es vraiment sûr d'avoir envie de passer ton samedi soir à travailler, après ta semaine chargée ? fit-elle, inquiète.

Son compagnon hocha vigoureusement la tête.

— Sûr et certain. Je tiens à passer mon samedi soir avec toi.

— Damir, tu me sauves.

C'était un immense soulagement de pouvoir compter sur une nouvelle paire de mains compétentes et expérimentées !

— Je ne sais pas comment te remercier, avoua-t-elle.

— Oh ! fais-moi confiance pour te souffler une solution, répliqua-t-il avec un clin d'œil.

8.

— Deux bières blondes, une blanche, un martini, une limonade et un café frappé ! récita Lily en punaisant la commande au tableau, tout en ramassant le plateau de cafés que lui tendait Damir en souriant.

Il la regarda s'éloigner, non sans loucher sur son déhanchement. Dans son T-shirt blanc et son petit short noir surmonté d'un tablier à poches, elle conservait l'allure d'une lady. Oui, même avec les joues roses et le chignon en désordre, songea-t-il, admiratif.

Oh ! naturellement, elle ne ressemblait pas à la Lily qu'il imaginait emmener dîner dans l'un des restaurants les plus chics du pays ! Et pourtant, depuis son arrivée, il ne songeait qu'à une chose : la conduire dans un coin tranquille pour l'embrasser.

À son propre étonnement, il appréciait de renouer avec ses anciennes activités. De toutes celles qu'il avait exercées dans la restauration et l'hôtellerie, celle de barman figurait encore parmi ses favorites, et la fin de l'après-midi fila sans qu'il s'en aperçoive.

Avec le départ du dernier ferry pour Dubrovnik juste avant le coucher du soleil, la plage se vida, le bar aussi, et seuls restèrent au bar, attablés, les amateurs de pizzas, pensionnaires du bed & breakfast.

— Votre service s'achève, barman ! annonça triomphalement Lily en accrochant elle-même son tablier à la patère.

Visiblement ravie, elle reprit :

— Luka va pouvoir prendre la relève, le chef vient de préparer la dernière pizza. Elle est pour nous !

— Et mes gages, patronne ? lança Damir en s'esclaffant.

— La maison est contente de vos services, rétorqua-t-elle avec une arrogance affectée. Vous aurez l'honneur de dîner chez nous gratis.

Damir posa son shaker et fit le tour du bar pour rejoindre la jeune femme, qui le guida vers une petite table où ils s'installèrent face à un ciel rougeoyant.

L'orientation de la plage était idéale, et Fire Cove demeurait le meilleur endroit de l'île pour profiter de toutes les splendeurs du coucher du soleil. En silence, ils savourèrent le spectacle. Sur le roulement léger des vagues, des serpentins de lumière mordorée dansaient un lent ballet. Ce soir, le ciel mettait le rose à l'honneur, se zébrant de nuances nacrées jusqu'au fuchsia.

— Je ne m'en lasse pas, murmura Lily. Chaque soir, je me dis que je viens d'assister au plus beau coucher de soleil de ma vie, et dès le lendemain je suis obligée de changer d'avis. C'est une chance incroyable, de passer l'été ici.

— Oui, cet emplacement est exceptionnel, d'où son potentiel…

Il hésita, ne sachant s'il devait en dire davantage, et fut sauvé par l'irruption d'Antun, qui sortait de la cuisine pour poser devant eux deux assiettes de pizza et de salade.

Lily en profita pour le remercier et lui souhaiter une bonne nuit.

— Mmm ! Elle est délicieuse, n'est-ce pas ? Je me doute

que le restaurant où tu voulais m'emmener est fabuleux, mais ça me fait plaisir que tu découvres nos pizzas !

Il sourit en la voyant déguster la première bouchée avec un plaisir manifeste.

— Mais, au fait, qu'est-ce que tu voulais dire par « potentiel » ? enchaîna-t-elle en plantant son regard dans le sien.

Voilà, c'était le moment. Damir fit de son mieux pour paraître nonchalant, pour ne pas avoir l'air de quelqu'un qui méditait chaque détail de ce projet depuis des années.

— Oh ! juste que c'est un point stratégique de Lokvar. Cette plage de sable est unique, non seulement sur l'île mais à des kilomètres à la ronde. L'eau est très calme dans cette baie, et la vue, spectaculaire, ainsi que tu l'as observé. Tu ne trouves pas dommage que seule une poignée de touristes puisse en profiter ? La villa est petite. Avec un complexe hôtelier, on imagine aisément trois fois plus de chambres, quelques boutiques, un centre de remise en forme, une salle de sport, une autre pour les réunions… Et peut-être un restaurant gastronomique avec baie vitrée surplombant la mer ? La saison est à la fois très brève et très chargée, sur Lokvar. Un centre touristique de ce genre pourrait changer la donne, tu ne crois pas ?

Lily haussait les sourcils en regardant autour d'elle pour se représenter les éléments de sa description.

Elle prit le temps de la réflexion avant de répondre :

— Je vois ce que tu veux dire, enfin, je crois. C'est vrai que la villa et le bar peuvent paraître très basiques, mais tu ne penses pas que ça fait tout le charme de Fire Cove ? J'avoue que ça me séduit, cette dimension très simple, et même démocratique : tout le monde peut venir gratuitement pour nager ou pique-niquer, on loue une chaise longue pour quelques kunas, qu'on soit campeur ou propriétaire de yacht… Et puis la villa appartient à la famille de Marija depuis des générations. Je ne pense pas qu'elle ait envie de la vendre, ni de se lancer dans ce genre d'aménagements à son âge.

— Ah… Tu penses que Josip finira par revenir un jour, alors ?

L'expression de la jeune femme s'obscurcit.

— C'est peu probable. Il ne parle jamais de Lokvar, et pourtant… il doit y penser tout le temps. Il est né ici, et il adore sa mère. Comment ne pas se languir d'un endroit pareil ? Il y a laissé une partie de son âme : son enfance. À sa place, tu saurais l'oublier ? Dubrovnik est plus dynamique, mais il y a quelque chose de très spécial ici.

— Je me suis seulement installé en ville parce qu'il n'est pas très pratique pour moi de vivre à l'année ici, expliqua-t-il. Quand mon père a souhaité étendre ses affaires à la métropole, nous avons déménagé. J'ai bien une maison ici, mais je ne l'occupe jamais. Je la loue l'été, désormais.

Lily fronça les sourcils et planta un regard sévère dans le sien.

— À ce propos, je voulais te dire que je sais que tu n'as pas été complètement honnête avec moi.

— Ah ?

Mal à l'aise et gagné par la culpabilité, Damir sentit un battement lourd dans sa cage thoracique.

— Quand nous étions dans ton café, tu ne m'as pas dit que tu possédais également un hôtel ici, ainsi que plusieurs résidences de vacances. Et tu as omis de me parler de toutes tes propriétés sur la côte et à Dubrovnik…

Dissimulant son soulagement, Damir esquissa un sourire modeste.

— Oh. C'est juste que je ne voulais pas que tu t'imagines que j'essayais de t'impressionner. Je préférais que tu me trouves odieux ou sympathique pour mon caractère, pas à cause de mon parc immobilier !

Elle haussa les épaules.

— Ce que possèdent les gens ne m'intéresse pas. Mais dis-moi, c'était ton rêve de petit garçon, de devenir un nabab de l'hôtellerie locale ? Tu es né avec cette ambition dans le sang ?

Désarçonné par son intégrité, il réfléchit longuement.

— La question ne s'est jamais posée, répondit-il avec franchise. Je suis le fils unique d'un fils unique. J'imagine que l'ambition des Kozina m'a été transmise dès la naissance. Mon grand-père a bâti les bases de l'entreprise familiale, mon père a consacré toute sa vie à la consolider, la diversifier, lui donner encore et toujours plus d'essor. Comme je te l'ai dit, j'ai appris le travail de garçon de café alors que j'étais encore petit. Peu à peu, j'ai touché à tous les corps de métier du bâtiment : il est toujours utile, dans mon domaine, de savoir réparer un robinet qui fuit, faire tomber une cloison, réviser un tableau électrique… À l'université, j'ai suivi des études de commerce, mais mon véritable apprentissage a eu lieu ici, auprès de mon grand-père et de mon père.

Il était le dernier, désormais. S'il échouait à fonder une famille et à transmettre son entreprise à son fils, une page se tournerait. Pour le moment, l'essentiel était de faire prospérer ses affaires, de veiller à leur rayonnement constant.

— Mais qu'aurais-tu fait si ta famille n'avait pas attendu ça de toi ? demanda-t-elle. Moi, par exemple, j'ai su très jeune que je voulais devenir avocate. Non parce que je m'étais prise de passion pour le droit, mais parce que j'aimais l'idée de contribuer à la justice en ayant une carrière solide et respectée. Et ça m'a suffi, jusqu'à ce que j'arrive ici.

— Vraiment ?

Elle hocha la tête et enchaîna :

— Oui. Lokvar me contraint à me demander qui je serais devenue si je n'avais pas éprouvé un besoin viscéral de stabilité. Si j'avais plutôt suivi les élans de mon cœur.

Elle rit en portant son verre de vin à ses lèvres et poursuivit :

— Ne va pas croire que j'aie trouvé la réponse à cette question. Je n'en sais rien. Mais en ce qui me concerne j'ai fait un choix, alors qu'en t'écoutant j'ai l'impression que toi tu n'as pas eu le choix. Au fond de toi, il n'y a pas un jeune Damir qui aurait voulu être musicien, enseignant ou comptable ? N'importe quelle autre profession ?

— Je n'aurais pas pu satisfaire ma famille autrement qu'en devenant un grand joueur de football, et malheureusement je n'ai jamais eu aucun talent dans les sports de balle, avoua-t-il. Tu sais, sur cette île, c'est le tourisme qui fait boucler les fins de mois d'à peu près tout le monde. Il s'agit d'un pilier de l'économie. Mes ancêtres ont souffert des multiples conflits qui ont ravagé notre histoire jusque très récemment. Mon pays a été rongé par la guerre, la dévastation, et les gens n'avaient guère le luxe de songer à une carrière. Je suis heureux de poursuivre le rêve de ceux qui m'ont précédé. Je considère même que c'est à la fois un honneur et un devoir.

Un bref silence tomba, et la jeune femme lâcha un long soupir.

— Tu as raison. Survivre à une guerre change complètement la perspective qu'on a sur ses priorités, dans la vie. Josip a connu le conflit armé, ici, et il a ses raisons pour avoir préféré ne jamais revenir. En tout cas, je suis certaine que, là où ils sont, ton grand-père et ton père sont très fiers de toi.

— Peut-être, souffla-t-il évasivement.

Comme il restait silencieux, elle l'interrogea :

— Quand as-tu perdu ton père ?

— Il y a huit ans. J'étais marié, Kata avait obtenu son premier poste d'institutrice et elle commençait à voir mon absence de la maison d'un mauvais œil. Elle passait ses soirées seule, ses week-ends seule…

— Il était légitime qu'elle s'attende à mieux de ta part, non ? répliqua-t-elle.

Il soupira, secouant lentement la tête.

— Elle me connaissait quand elle m'a épousé, les ambitions de mon père n'étaient pas un secret…

Il prit une longue inspiration avant de poursuivre :

— Dès que je voulais la satisfaire, mon père se retrouvait avec une charge de travail décuplée. Il m'était impossible, rigoureusement impossible de lui accorder ce qu'elle souhaitait alors que nous mettions les bouchées doubles pour grimper au niveau supérieur. Mon père travaillait trop, par ma faute et alors que son cardiologue le lui interdisait. Si bien qu'un jour…

Il hésita. Ce n'était pas une mince confidence, mais il avait envie de lui faire confiance.

— Un jour, reprit-il, il était ici, à achever la restauration de l'hôtel, et il a fait une crise cardiaque. Seul. Kata avait insisté pour que je prenne un jour de congé, et je l'avais emmenée naviguer…

Il lui arrivait de songer que cette journée-là avait été sa dernière belle journée de vie conjugale. Et le dernier moment de paix de toute sa vie. Depuis, un poids était tombé sur sa poitrine et ne le quittait plus.

— L'hélicoptère des secours a mis trop de temps à venir, expliqua-t-il. Mon père est mort en parvenant à l'hôpital. Ma mère a accusé et blâmé Lokvar, l'hôtel et moi.

— Et toi ? fit-elle d'une voix neutre. Tu te blâmes ?

Quelle question !

— J'aurais dû être là, évidemment, répliqua-t-il.

— Je trouve que cela n'a rien d'évident, au contraire, dit-elle. C'était le week-end, tu le passais auprès de ta femme, ce qui était normal. Ton père a refusé de suivre les instructions de son médecin et ce qui lui est arrivé est tragique, mais ce n'est pas ta faute. Ta mère ne te l'a pas dit ?

Il serra les dents.

— Non. Ma mère ne partage *pas du tout* ton avis.

Visiblement sidérée, elle le contempla en silence.

Les derniers clients avaient quitté la terrasse pour rejoindre leur chambre ou s'offrir une promenade sur l'île. Le soir était tombé.

— Viens, lança soudain la jeune femme en se levant.

— Où ça ?

Posant les mains sur ses hanches, elle planta un regard de défi dans le sien.

— C'est samedi soir, nous avons travaillé toute la semaine, et je ne sais pas pour toi, mais moi je veux ma récompense. L'orchestre municipal joue ce soir au port. Je n'aurais jamais cru dire ça, mais je commence à apprécier leurs reprises de tous les vieux morceaux de pop européens… On va danser ?

Sidéré, il la dévisagea avec incrédulité.

— Danser ? Ah, non, non, je ne danse pas ! rétorqua-t-il avec véhémence.

— Bien sûr que si ! Tu n'as pas l'habitude de le faire en public, voilà tout. Moi non plus, si ça peut te rassurer.

Je te propose un marché : tu ne me juges pas, je ne te juge pas. D'accord ?

Joignant les mains, elle se mit à battre des cils en lui décochant une œillade suppliante.

— Je t'en prie, Damir, ne me laisse pas danser seule !

La musique tonnait, dans le village, le petit orchestre s'étant augmenté des talents d'un percussionniste en plus du batteur, du bassiste et des deux guitaristes, un homme et une femme, assurant aussi la partie vocale.

Sur la piste, Lily se trémoussait, et de longues mèches blondes s'échappaient de sa queue-de-cheval pour lui battre les joues. Lui-même avait du mal à croire qu'il se donnait en spectacle à côté d'elle, sans la moindre coordination et à contretemps.

Oui, ils dansaient, toute honte bue, et elle avait eu raison : depuis leur arrivée au port, ils s'amusaient comme des fous.

Cette femme était une énigme qu'il s'épuisait à tenter de déchiffrer ! Ravissante, facile à vivre, joueuse… mais également mélancolique et fine psychologue.

Elle avait su repérer très vite les cicatrices qu'il se donnait tant de peine à dissimuler – la culpabilité que lui causaient la mort de son père et le départ de son ex-femme. Sa solitude ne lui avait pas davantage échappé.

Comment expliquer, dès lors, qu'au lieu de garder ses distances Damir ait eu envie de s'épancher en sa présence ? Pourquoi diable Lily Woodhouse endormait-elle sa prudence vis-à-vis des femmes ?

Peut-être avant tout parce que son séjour en Croatie était provisoire. Ou à cause de la connexion qui s'était faite entre eux, de cette étrange attirance qui les ramenait sans cesse l'un vers l'autre.

Le désir, oui. Ce n'était rien d'autre que cela. Et pourtant, à chaque conversation, à chaque nouveau regard échangé, il se sentait plus proche d'elle.

Au rythme d'un vieux tube anglais, Lily éprouvait une joie enfantine à s'épuiser sur la piste de danse, face à Damir. Avec une aisance inattendue, il avait suivi ses mouvements, et elle se félicitait qu'ils soient aussi mauvais danseurs l'un que l'autre ! La seule chose qui comptait, c'était de se laisser aller… et de savourer le mélange d'innocence et de sensualité de leur « petit flirt ».

En fait, il s'agissait plutôt d'une puissante attirance. Lily avait envie de lui et, depuis qu'il était arrivé à Fire Cove, en milieu d'après-midi, ce désir ne cessait de s'intensifier. Non parce qu'elle lui était reconnaissante d'avoir bien voulu se retrousser les manches uniquement afin de l'aider – même si elle avait apprécié ce geste chevaleresque et généreux. Non, c'était plutôt qu'en présence de Damir elle se sentait elle-même. Sans déguisement, sans faux-semblant – et sans armure.

Il connaissait la solitude, et il traînait, comme elle, d'inconsolables chagrins. Ce qu'il lui avait raconté ce soir faisait mesurer à Lily la chance qu'elle avait eue d'avoir une amie comme Izzy : de toute évidence, Damir ignorait la douceur de se sentir compris et accepté tel qu'il était. Au moins, même si elle avait perdu à jamais l'amitié la plus précieuse de sa vie, elle héritait de ce trésor. Quelqu'un avait cru en elle, quelqu'un avait été là pour partager ses joies.

Ce qu'elle éprouvait auprès de lui était très différent de ce qui l'unissait à Izzy. Avec Damir, elle était hors de contrôle. C'était à la fois grisant et inquiétant. Abandonnant sa proverbiale prudence, elle le laissait occuper de plus en plus de place dans son imaginaire comme dans son quotidien.

Quand s'était-elle ainsi trémoussée au son d'un orchestre de village, sans complexe et en toute spontanéité ? Lui était-il seulement arrivé de proposer à un homme de danser, auparavant ? Bien sûr que non. D'autant plus que, cet homme, elle le connaissait à peine. Pourtant, avant de partir pour le port, lorsqu'elle était remontée dans sa chambre pour se rafraîchir rapidement, enfiler un jean et un T-shirt propre et se coiffer, elle s'était autorisé un geste d'une audace à peine croyable. En rangeant sa brosse dans sa trousse, elle avait pris des préservatifs.

Elle sentait la forme du blister dans la poche arrière de son jean, en ce moment, et elle avait l'impression que tout le monde devinait ce que c'était.

Comme l'orchestre entamait un slow, Damir s'approcha, glissa un bras autour de sa taille et arrima son regard au sien.

— Ça va ? demanda-t-il. Tu t'amuses bien ?

Toutes les personnes présentes sur la piste connaissaient Damir, se rappela-t-elle. Mais aucune ne lorgna dans leur direction. La rumeur de leur relation avait déjà dû faire trois fois le tour de l'île – le scoop, d'un intérêt relatif, était éventé.

Aussi, sans le moindre embarras, Lily enroula-t-elle ses bras autour du cou de Damir et se pressa-t-elle plus étroitement contre lui. À travers le denim, elle perçut l'ardeur de son érection.

— Beaucoup, répondit-elle. Merci d'avoir accepté de venir. Toute seule, je me serais profondément ennuyée.

— C'est moi qui te remercie de m'avoir invité. Il y a longtemps, vraiment très longtemps que je n'avais pas dansé à un bal du samedi soir. Et je suis heureux de retrouver mes sensations d'adolescent.

— C'est vrai ? Pas trop déçu que nous ayons manqué ce fameux restaurant ?

Il fit non de la tête.

— Ce n'est que partie remise. Une prochaine fois, nous irons y dîner. Et j'espère te faire visiter ma maison, si tu es d'accord… ?

Tandis qu'une myriade de frissons courait à la surface de sa peau, Lily leva vers lui un regard malicieux.

— Tu es en train de me dire que tu as déjà tout prévu ? Le dernier verre chez toi, après le restaurant en ville ?

Pour toute réponse, Damir l'attira encore contre lui, caressant sa joue de la sienne, en une caresse d'une infinie délicatesse. Ils tournoyèrent lentement, puis il souffla à son oreille :

— Exactement.

Le cœur de Lily se mit à battre si fort que durant quelques secondes elle n'entendit plus la musique. Puis, se penchant vers elle, Damir happa vivement sa bouche en un baiser aussi fugace qu'intense.

— Une promenade, ça te dit ? suggéra-t-il.

Des sensations brûlantes électrisaient Lily, et des nuées de papillons semblaient voler en elle.

— Oui, dit-elle très bas.

D'un geste possessif, Damir lui prit la main et l'entraîna vers le sentier de Fire Cove. Cette fois-ci, ils ne suivirent pas la bifurcation menant à la pointe de l'île et, après quinze minutes de marche, ils furent de retour sur la plage.

Prenant la direction opposée au bar, ils longèrent les vagues sous le clair de lune. Lily aimait sentir sa main dans la sienne. Ainsi que la douceur de l'air marin qui soulevait ses cheveux.

Ce soir, elle se sentait si bien, si détendue, tellement en confiance qu'elle aurait voulu prolonger la nuit indéfiniment.

9.

Lily emplit ses poumons d'air iodé et ferma les yeux.

— C'est un endroit vraiment unique au monde, n'est-ce pas ? Même si c'est pour un temps très bref, je n'arrive toujours pas à croire que je suis ici. Venir en Croatie, c'est la meilleure décision que j'aie prise depuis longtemps.

— Je ne peux que t'en féliciter, moi aussi, répondit-il en serrant sa main dans la sienne.

Un nouveau frisson exquis la parcourut.

— Mais qu'est-ce qui a bien pu pousser une avocate londonienne à passer tout un été à servir des bières et des cafés à des vacanciers ? reprit-il, une note de curiosité dans la voix.

— Tu oublies un peu vite la moitié de mes talents, répliqua-t-elle avec malice. Je sais aussi faire la poussière, et je suis *presque* capable de plier un drap sans le froisser !

— Même en dépit de cette grave lacune, Marija doit te bénir matin et soir, de veiller sur sa villa en son absence.

— C'est ce que prétend Josip, mais je n'en crois pas un mot. Inutile de faire semblant, nous le savons tous : Ana se débrouille parfaitement toute seule.

Elle eut envie d'en dire davantage et pesa le pour et le contre… Ne s'était-il pas montré d'une grande sincérité vis-à-vis d'elle, en lui confiant son plus lourd secret ?

— Et en réalité, ajouta-t-elle, je suis ici sous un prétexte.

Son compagnon se tourna vers elle.

— Ah bon ?

Lily confirma d'un hochement de tête.

— Marija s'est entendue avec Josip et ma mère, ils ont inventé cette histoire de supervision du bed & breakfast pour me faire quitter Londres. Pour me faire changer d'air. Et j'ai accepté parce qu'ils avaient raison, j'en avais besoin. Et aussi parce que, dans la mesure où j'avais décidé de commencer à vivre différemment, un point de départ exotique, loin de mon quotidien, paraissait tout indiqué.

Elle prit une longue inspiration. Son cœur battait plus lourdement, la boule de chagrin était revenue, oppressante, bloquant sa poitrine. Sa solitude n'était plus supportable.

— Ma meilleure amie est morte il y a quatre mois.

Voilà. Les mots étaient lâchés. Dans leur crudité, leur cruauté. Elle eut l'impression de les entendre se fracasser en écho sur chaque rocher de la baie. Chaque fois qu'ils franchissaient le seuil de ses lèvres, ils semblaient tellement absurdes, tellement incroyables…

— Je suis désolé, Lily.

— Merci.

Elle sentit son bras passer autour de ses épaules, et elle se mordit la lèvre pour retenir l'émotion qui montait dangereusement en elle.

— Tu veux bien me parler d'elle ? demanda-t-il avec douceur.

Sans mot dire, elle hocha la tête en signe d'assentiment et le dévisagea avec un mélange de stupeur et de reconnaissance. Les gens ne savaient jamais quoi dire, dans ce genre de circonstances. Ils recouraient aux phrases toutes faites, aux formules de convenance maladroites et inutiles… Et ce dont elle avait besoin, en effet, c'était parler d'Izzy.

— Viens, dit-il en l'incitant à poursuivre le chemin sur la plage, tout au sud de la baie. Je connais une toute petite plage, très tranquille, juste de l'autre côté.

Durant quelques minutes, ils escaladèrent les rocs, et Lily vit soudain apparaître une adorable crique sablonneuse, invisible aux promeneurs depuis Fire Cove et pourtant toute proche. Si elle se tenait debout, elle apercevait les lumières de la villa.

Ils s'assirent, et elle eut l'impression qu'ils étaient seuls au monde.

Longtemps, elle laissa ses souvenirs défiler dans son esprit, en regardant la lune miroiter à la surface des vagues. Enfin, elle commença son récit par ces mots :

— Izzy et moi étions très proches. Des sœurs, plus que des amies. Nous étions semblables à bien des égards, malgré nos caractères bien distincts. Elle était plus extravertie que moi. Tout le monde l'adorait. Elle était très drôle et se montrait d'une générosité incroyable envers ceux qu'elle aimait.

— C'est un joli portrait d'amie idéale, observa-t-il. Comment vous êtes-vous rencontrées ?

— À l'école. Lorsque ma mère a épousé Josip, nous avons déménagé et j'ai changé d'établissement en cours d'année. J'étais déjà très timide, et autour de moi, dans ma classe, les groupes d'amis étaient formés. Je passais le plus clair de mon temps à la bibliothèque, mais très vite j'ai pris conscience qu'une autre fille y venait. Elle me posait des centaines de questions et voulait toujours s'installer à côté de moi. Sa curiosité semblait sans limites.

Fermant les yeux, elle revit les deux jeunes filles en uniforme, la brune et la blonde, attablées côte à côte devant des milliers de livres.

— Izzy aurait pu intégrer n'importe quel groupe. Elle

était très populaire et cela lui était égal. Elle avait déjà une détermination de fer et voulait obtenir les meilleures notes pour intégrer Oxford ou Cambridge. Elle avait tout prévu, tout planifié. Elle venait de l'assistance publique : quand je l'ai rencontrée, elle avait déjà fait huit familles d'accueil. Maman et Josip l'ont tout de suite adorée. Si elle n'avait pas justement trouvé une famille stable, à cette époque-là, je suis sûre que ma mère aurait remué ciel et terre pour obtenir sa garde.

Comme Damir entrelaçait ses doigts aux siens, elle les serra très fort en poursuivant :

— Avec le recul, je me rends compte que j'étais trop dépendante d'Izzy. Je n'ai jamais cherché à avoir d'autres amis. Je n'en avais pas besoin. Nous avons été trop exclusives, elle et moi. Elle connaissait tout le monde, je la suivais là où elle voulait m'emmener, mais, même si elle était toujours à l'aise dans les fêtes d'anniversaire et les soirées, elle se concentrait sur son avenir. Quand les garçons lui tournaient autour, elle s'amusait de bon cœur sans jamais perdre de vue sa priorité : le travail scolaire.

Elle sourit fièrement, relevant la tête vers Damir, qui paraissait impressionné.

— Dès la première année, celle de notre rencontre, nous avons tracé notre plan de vie. Oxford pour moi, Cambridge pour elle. Moi, le droit, elle, l'informatique. Nous allions occuper des postes importants, nous partagerions un appartement à Londres, nous gravirions les échelons un par un. À trente ans, je devais être associée dans un grand cabinet, elle devait avoir investi pour monter sa start-up !

Le sifflement admiratif de Damir la fit rire, et elle acquiesça :

— Oui, c'est ridicule, n'est-ce pas ? Et pourtant je

t'assure que dans nos petites têtes de collégiennes c'était définitif, comme gravé dans le marbre ! Et nous n'avons pas lâché ce projet. Nous ne l'avons pas remis en question, ni n'avons regretté tous les petits plaisirs et les rites de passage dont nous allions nous priver.

— Le succès exige de grands sacrifices.

Lily hocha la tête.

— En effet. Ces sacrifices ont été nombreux. Surtout après l'université. Nous ne sommes jamais parties à la mer pour une journée, à Paris ou à Rome pour un week-end. Certaines que nous avions la vie devant nous, nous avons été radicales dans notre choix de travailler du matin au soir, encore et toujours… Et nous avons eu tort. Izzy n'avait pas toute la vie devant elle. Son temps était compté.

— Elle avait un petit ami ?

Lily sourit.

— Partout où elle allait, elle attirait les regards des garçons, mais quand on annule tout le temps, quand on accorde systématiquement la priorité aux études puis au travail… Les petits amis ne s'attardaient pas. Récemment, nous avions constaté que certains de nos amis se mariaient. Deux d'entre eux avaient des enfants. Pourtant, ni elle ni moi n'avions envie de les imiter. Un jour, Izzy m'a dit que trente-deux ans, c'était le bon âge pour commencer à penser au couple stable. Tout était balisé, prévu, programmé… Sauf mourir à vingt-huit ans.

Elle déglutit lentement et enchaîna :

— Nous n'avons pensé qu'à préparer l'avenir pour vivre plus tard. Au lieu de vivre au présent.

Damir serra encore chaleureusement sa main, et elle sentit sa gorge se nouer.

— Elle voulait des enfants, un jour. C'était même très

important pour elle : elle imaginait une grande famille avec un chien, ses propres enfants et ceux qu'elle adopterait, pour conjurer tout ce qu'elle n'avait pas connu elle-même en grandissant. Et elle ne l'aura jamais. Elle voulait visiter le Costa Rica, faire une grande randonnée sur la côte californienne, et cela n'arrivera jamais. Alors, sur son lit de mort, je lui ai fait le serment de commencer à vivre au présent. Vivre pleinement, et pour nous deux. C'est pour cela que je suis venue ici. Pour apprendre la spontanéité, pour m'amuser, mordre dans la vie.

La main de Lily était douce et chaude au creux de la sienne. Damir ne voulait pas la lâcher. Depuis un long moment, son cœur s'était éteint. Jamais il n'avait entendu quelqu'un rendre un si poignant hommage à un proche, ni témoigner d'un pareil esseulement après sa perte. Un mélange de compassion et de tendresse l'avait submergé, suivi d'une grande honte.

Il avait profité de la détresse d'une personne au cœur pur pour lui faire dévoiler des projets familiaux… Il s'était servi d'elle. Lily méritait bien mieux que lui. Que sa mesquinerie, son affairisme. Elle méritait d'être aimée et choyée. D'être désirée.

Au moins, à cet égard, il n'avait pas failli… Ce n'était pas une illusion : il avait follement envie d'elle.

— Je crois que tu es la femme la plus courageuse que je connaisse, dit-il en se tournant pour la dévisager avec gravité.

Les yeux de sa compagne s'arrondirent de surprise.

— Courageuse, moi ?

— Et comment ! Venir dans un pays où tu ne connais personne et dont tu ne parles pas la langue, te lancer dans une activité très prenante alors que tu ne l'as jamais exercée, quitter ta famille, ton travail, tout ce qui t'est familier… Oui, c'est d'un courage immense.

Imperceptiblement, elle frémit.

— Présenté ainsi… Peut-être qu'il y a une once de courage là-dedans. Et beaucoup d'inconscience. De la chance, aussi. Rien ne me vient naturellement, mais à chaque fois que je doute je me demande ce qu'Izzy ferait. C'est une aide précieuse.

— Tu lui parles ?

Ses grands yeux exprimaient une gravité profonde lorsqu'elle hocha la tête.

— Tout le temps. Est-ce que ça te paraît idiot ?

— Pas du tout.

Il réfléchit et ajouta :

— Moi aussi, parfois, je parle à mon père. Je lui raconte mes projets, je lui dis où j'en suis.

— C'est une façon de les garder avec nous…

Lâchant un long soupir, elle secoua la tête avant de murmurer :

— Désormais, il y a un grand vide en moi, et il sera toujours là. Un jour, j'épouserai l'homme de ma vie, et elle ne le connaîtra jamais. Si j'ai des enfants, ils n'auront pas la chance de la fréquenter. Personne ne saura qui était la Lily qu'elle a connue. Elle savait tout de moi : mes faiblesses, mes peurs, mes secrets. Personne ne se rappellera que j'ai pleuré toutes les larmes de mon corps après ma première rupture avec un garçon, parce que je me suis plongée dans mes cahiers… Elle était la seule à mesurer mes difficultés pour me hisser en tête de classe en maths. À m'avoir vue danser dans la cuisine quand j'ai été admise au cabinet d'avocats que je visais : mon premier choix, à l'obtention de mon diplôme…

Après avoir observé un bref silence, elle continua :

— Je lui disais tout. C'était la personne la plus compréhensive du monde, la plus bienveillante. Et elle n'est plus là. Je ne suis pas près de m'arrêter de lui parler…

Levant vers lui un regard interrogateur, elle s'enquit :

— Et toi, qu'est-ce que tu racontes à ton père ? Tu lui demandes conseil ?

— Non. Je lui dis ce que je fais. Je lui livre un rapport, en quelque sorte.

— Pour qu'il soit sûr que tu es engagé sur de bons rails ?

— Pour lui garantir que je dépasse ses attentes. Que je poursuis son ambition et celle de son père, que je tiens ma promesse.

— Elles pèsent lourd, ces promesses, tu ne trouves pas ? Moi aussi, je veux tenir la mienne. Au début, j'étais tentée de me cacher à la villa, de m'ensevelir sous le travail. Maintenant, j'ai envie de savourer chaque instant de mon séjour, de danser aux bals de village, de visiter chaque monument de Dubrovnik… avec toi, si tu es partant.

Le désir le submergeait, l'envie folle et irrépressible de sentir son corps contre le sien, et cette fois Damir ne put réprimer son élan. Dès qu'il happa les lèvres de la jeune femme, une même fièvre les consuma. Leur baiser incendiaire trahissait leur frustration, l'attente prolongée de ce moment.

Comme Lily basculait sur lui, il s'allongea, la laissant plonger ses doigts dans ses cheveux tandis qu'il passait une main sous son T-shirt.

Elle se redressa alors pour ôter rageusement son vêtement, tandis qu'il se débarrassait du sien.

Puis il bascula contre elle et déposa une traînée de baisers ardents sur la ligne de son cou, savourant la douceur et la finesse de sa peau. D'un geste habile, il fit sauter l'agrafe de son soutien-gorge afin de poser sa bouche sur les pointes roses et dures de ses seins, gonflés de désir.

Langoureusement, il caressa la poitrine ronde et ferme de Lily, s'enivrant du goût sucré de sa chair, des ondulations de son corps de liane sous ses caresses. À mesure qu'il traçait des cercles autour de ses aréoles du bout de la langue, aventurant une main sur son ventre plat et brûlant jusque sous le bouton de son jean, il entendit sa respiration se faire haletante. Peu à peu, ses gémissements de plaisir menacèrent de lui faire perdre tout contrôle de son excitation.

D'un mouvement volontaire, la jeune femme tendit une main fiévreuse vers son pantalon, l'incitant à s'en défaire sur-le-champ.

— Attends… Pas si vite, chuchota-t-il.

— Pourquoi ? lança-t-elle, plongeant son regard embué dans le sien.

Dans un baiser enfiévré, ils parvinrent à se déshabiller l'un l'autre, et Damir renversa Lily sur le sable pour la contempler.

— Parce que nous venons de commencer, murmura-t-il. Parce que tu es si belle…

Il se pencha pour l'embrasser avec plus de douceur, tout en caressant d'une main aérienne son ventre, et la peau si fine du haut de ses cuisses. Dans un geste instinctif, elle écarta les jambes, et il remonta jusque dans la moiteur torride de son sexe.

Longtemps, il la caressa, se laissant guider par ses soupirs, explorant avec fascination les profondeurs de sa chair si sensible, si réactive.

À un moment donné, il sentit la main de Lily se poser sur son membre dressé pour le guider entre ses cuisses, et il avoua :

— Je… Je n'ai rien prévu pour…

— Moi, si, dit-elle en attrapant son jean pour sortir triomphalement un préservatif de la poche arrière. À moins que tu n'en aies pas envie ?

— Bien sûr que si, j'en ai éperdument envie, mais toi… tu es sûre de toi ?

— Oh ! oui, oui. Je t'en prie, viens ! lâcha-t-elle en s'accrochant à son cou pour l'embrasser furieusement.

Abandonné à la force de son désir, Damir se fondit ardemment dans leur étreinte. Pour la première fois depuis de nombreuses années, il se trouvait exactement là où il avait envie d'être, auprès de la seule personne avec qui il avait envie d'être… et de passer la nuit.

10.

À bord de la vedette qui fonçait en direction de Dubrovnik, Lily regardait les remparts se découper de plus en plus distinctement sur le ciel orangé et la vieille ville grandir, à mesure qu'elle s'en approchait.

L'été filait trop vite. C'était déjà le mois d'août, le soleil se couchait plus tôt, et le crépuscule tombait. La brise maritime se chargeait d'une fraîcheur nouvelle. Dans la robe longue très formelle qu'elle avait choisie, seule passagère du petit bateau de luxe, elle se sentait très privilégiée. Damir la gâtait : n'ayant pu venir la chercher lui-même à Lokvar, il avait insisté pour lui envoyer ce taxi.

Les journées de Lily restaient rythmées par les horaires des clients, les flux de l'heure de pointe au bar, l'entretien des chambres et le service de plage, et pourtant… depuis quinze jours, tout avait changé. Son quotidien n'était plus le même. Damir et elle se retrouvaient dès que possible durant la semaine, partageaient tous leurs week-ends. Non sans stupéfaction, elle avait découvert sa villa de Dubrovnik. En lieu et place de l'espace moderne et fonctionnel auquel elle s'attendait, elle avait trouvé une superbe demeure âgée de trois siècles au cœur d'un parc dominant la plage de Saint-Jacob, à vingt minutes à pied du cœur historique. Immense, pleine de charme, la maison était idéale pour le petit déjeuner du dimanche après une longue nuit blanche suivie d'une grasse matinée aussi paresseuse qu'érotique… Leur complicité lui paraissait si solide qu'elle avait peine à croire qu'ils se connaissaient depuis si peu de temps. Ensemble, ils avaient emprunté plusieurs fois la *Zora* pour des promenades sur l'Adriatique, et Damir avait finalement réussi à l'emmener dîner dans son fameux restaurant – une merveille de gastronomie disposant du plus beau belvédère sur la ville. Ces sorties très chics ne les avaient pas empêchés de retourner au bal du samedi soir à Lokvar, ni de dîner sur le pouce, trois jours auparavant, de beignets de calamars à un comptoir du vieux port.

Déterminée à profiter de chaque instant et de chaque journée, Lily s'interdisait de penser à la fin de son séjour – même si cette angoisse l'étreignait parfois, au moment de s'endormir. Il lui était même arrivé de s'éveiller en pleine nuit et de contempler le visage serein de Damir, d'écouter le rythme régulier de sa respiration… Elle était certaine qu'il éprouvait la même chose qu'elle. Ils se sentaient merveilleusement bien ensemble. Leur désir insatiable leur offrait des étreintes plus torrides que tout ce qu'elle avait pu vivre auparavant. Se voyait-elle rentrer à Londres, retrouver son appartement et son poste au sein de son prestigieux cabinet ? Elle n'en avait aucune idée. C'était flou, abstrait.

Carpe diem, lui rappela une petite voix. Comme la vedette s'engageait dans la zone portuaire, elle lissa la soie de sa longue jupe argentée, serra son petit sac en satin sous son bras. La grande soirée à laquelle elle était conviée la rendait un peu nerveuse. Non seulement elle n'était jamais à l'aise dans les occasions trop formelles, mais elle ne connaîtrait strictement personne… Néanmoins, elle se réjouissait d'écouter le grand concert du festival de musique classique donné chaque été à Dubrovnik, suivi d'une réception dans la cour du palais du Recteur, l'un des joyaux architecturaux de la cité. Pour en profiter pleinement, elle avait pris un jour de congé le lendemain. Après tout, Ana insistait depuis des semaines pour qu'elle s'accorde davantage de distractions, et Lily lui donnait enfin gain de cause. L'attendaient toute une soirée, une nuit et une journée de liberté !

Plus que tout, elle bouillait d'impatience de révéler à Damir l'étonnante nouvelle qu'elle avait reçue au matin. Elle avait grand besoin de ses conseils !

Impressionnée, elle le vit dès qu'elle posa pied à terre : souriant, il était adossé à la carrosserie d'une élégante berline, et d'une séduction renversante dans son smoking noir. Une étrange émotion serra la gorge de Lily, tandis qu'elle le rejoignait.

— Tout s'est bien passé durant la traversée ? demanda-t-il d'une voix de velours, contre son oreille, avant de déposer un baiser sensuel au creux de son cou.

Lily savoura le frisson électrique qui courut à la surface de sa peau.

— J'aurais tellement voulu passer te prendre moi-même, ajouta-t-il. Je suis sorti de réunion il y a vingt minutes à peine.

— Cela n'a aucune importance, assura-t-elle. Mais j'aurais tout aussi bien pu venir par le ferry !

— Je le sais, dit-il en lui adressant un sourire complice.

Puis, la détaillant d'un long regard appréciateur, il s'exclama :

— Quelle élégance ! Tu es superbe. D'où sors-tu ce collier et ces boucles d'oreilles ? Ils te vont à la perfection.

C'était un cadeau de Marija pour ses vingt ans. Elle était heureuse de porter ce soir quelque chose qui lui rappelle qu'elle devait cette soirée, et la magie de cet été, à sa grand-mère.

Le chauffeur de Damir les conduisit sur le parvis de l'église Saint-Blaise, où avait lieu le concert, à ciel ouvert. L'atmosphère régnant sur la grande place était magique. Sous la voûte céleste bientôt remplie d'étoiles, des centaines de sièges en velours avaient été disposés face à une estrade immense, destinée à accueillir l'orchestre philharmonique de Zagreb au grand complet, ainsi que plusieurs musiciens d'exception et de renommée mondiale, invités d'honneur du festival.

Déjà, la moitié des fauteuils étaient occupés, et une foule élégante se pressait aux quatre coins du parvis.

Dès qu'ils furent installés, Damir se tourna vers Lily et lui dit avec anxiété :

— Je n'ai pas pu te rappeler cet après-midi, mais je me suis aperçu que tu avais cherché à me joindre pendant que j'étais en réunion… Tu avais quelque chose d'urgent à me dire ?

— D'urgent, non. Mais je voulais te faire part d'une nouvelle assez incroyable que j'ai reçue par courriel.

— Ah ?

Son regard intense s'alluma d'une petite flamme de curiosité, et elle serra sa main dans la sienne.

— Tu sais que j'appréhende l'anniversaire d'Izzy, la semaine prochaine…

— Je sais, dit-il en entrelaçant tendrement leurs doigts.

— Mais je compte sur l'effervescence touristique pour me tenir occupée ce jour-là. Je ne m'attendais pas, en revanche, à recevoir un message dont le contenu me garantit que l'anniversaire d'Izzy sera centré sur ce qu'elle espérait de la vie.

Comme Damir fronçait les sourcils, elle expliqua :

— Un message de son notaire. Izzy n'a jamais fait mystère du fait qu'elle me choisissait comme unique héritière, en attendant de fonder sa propre famille. Mais je ne me rendais pas compte de ce que cela représentait.

— Elle te laisse davantage que tu ne l'imaginais ?

Lily acquiesça gravement.

— Vois-tu, Izzy était un génie des maths et de l'informatique, et elle a parfois été recrutée pour des missions ponctuelles par de très grandes firmes. Dans la Silicon Valley, son nom était connu, et à Londres on s'arrachait ses compétences, mais elle préférait rester indépendante en attendant de monter sa propre société. Cela lui a aussi permis de monnayer très cher certains contrats de conception logicielle. Elle me l'a souvent dit, mais je ne mesurais pas ce que cela recouvrait. Bref…

Elle prit une inspiration et conclut :

— Elle avait économisé *un million* de livres ! J'avoue que le chiffre me désarçonne. Elle aurait pu s'acheter un appartement, monter sa start-up… Je suis obligée d'en déduire qu'elle visait encore plus haut : elle entendait démarrer son affaire avec une somme encore plus importante.

— Eh bien… En effet, ce sont de sacrées économies. Et tout est à toi, désormais ?

— Oui. Oh ! Damir, je ne sais pas quoi en faire. Garder ses livres de chevet, les quelques tableaux qu'elle avait achetés, ses vêtements : ça a du sens pour moi, et une valeur sentimentale. Mais tout cet argent… Qu'est-ce que tu en penses ? Que ferais-tu, à ma place ?

Damir n'eut pas le répondre, car soudain l'assistance se tut pour écouter les premières notes de violon qui s'élevaient dans les airs.

Dans le palais où avait lieu la réception, Damir se

réjouissait de voir sa compagne s'émerveiller de chaque détail, depuis les éléments architecturaux jusqu'à la forme élégante des coupes de cristal.

— Puisque les lieux te plaisent, viens, je vais te montrer les autres salles, suggéra-t-il en lui prenant le bras.

Il s'immobilisa aussitôt, comme une élégante dame en noir venait de le frôler en quittant le buffet.

Ignorant le frisson glacé qui courait dans sa nuque, Damir parvint à soutenir son regard dédaigneux.

— Bonsoir, Damir, dit-elle de son habituel ton hautain.

— Majka, répondit-il aussi posément que possible, permets-moi de te présenter Lily Woodhouse, la petite-fille de Marija.

Alors qu'elle adressait à la ravissante Anglaise blonde une expression impitoyable, sa mère parut soudain s'adoucir sous l'effet de la curiosité.

— Et, Lily, voici ma mère…

— Quel plaisir de vous rencontrer, lança Majka. Comment va Marija ?

— Très bien, merci.

Comme elle s'en tenait à cette réponse étonnamment sobre, la mère de Damir insista :

— Je crois qu'elle voulait enchaîner plusieurs longs voyages, c'est bien cela ?

— En effet. Et elle est ravie de ses découvertes, mais elle s'accorde une parenthèse de quelques semaines dans le nord de l'Europe du Nord avant de finir la saison en Grèce.

— Ah bon ? fit Damir avec étonnement. Tu ne m'avais pas dit qu'elle avait quitté les États-Unis…

— Elle m'a dit qu'elle comptait retourner dans le Tennessee et en Californie, mais hors saison. Il faisait trop chaud pour elle. Ma mère et Josip ont insisté pour qu'elle les accompagne en Écosse quelques jours, et elle a accepté : elle vient au Royaume-Uni tous les ans depuis deux décennies, mais, l'été, c'est la première fois.

— Je m'en réjouis pour elle, déclara sa mère d'un ton qui exprimait, au contraire, la plus totale indifférence.

Damir sentit Lily se raidir.

— C'est très aimable à vous, asséna-t-elle sèchement. Eh bien, j'ai été enchantée de faire votre connaissance, madame. Bonne soirée.

Médusé, Damir regarda Lily tendre une main glaciale à Majka. Il n'avait jamais vu la jeune femme exprimer cette sévérité à qui que ce soit.

— À vous aussi, rétorqua sa mère avant de se tourner vers lui pour conclure : Damir et… euh… Lily, c'est bien cela ? Il faut que vous veniez dîner à la maison… Demande à ton assistante de fixer une date avec la mienne. Bonne soirée.

À peine eut-elle disparu que Lily leva vers lui un regard incrédule.

— « Demande à ton assistante de fixer une date avec la mienne » ? répéta-t-elle. Sérieusement ?

Toujours aussi surpris par la tension que manifestait la jeune femme, il expliqua :

— Elle s'est remariée à un héritier de la vieille aristocratie locale. Désormais, elle mène le train de vie dont elle a toujours rêvé : elle anime de grands galas de charité, elle est membre de clubs prestigieux, etc. Elle se tient très occupée.

— Et alors ? Je doute fort que la reine elle-même organise ses repas de famille par secrétariat interposé ! Tu comptes faire ce qu'elle te demande ?

— Non, répondit-il. Cela n'aurait aucun intérêt. Elle a choisi une nouvelle vie où il n'y a pas de place pour moi.

La seule chose qui peut éventuellement l'intéresser, c'est savoir si je fais de nouvelles acquisitions, comment s'enrichit l'entreprise, au cas où elle pourrait en bénéficier…

— Oh ! Damir, je suis désolée.

— Ne le sois pas.

— Bien sûr que si, répliqua-t-elle. Elle devrait déborder de fierté d'avoir un fils comme toi, rêver que tu participes à toutes ses soirées pour se rengorger auprès de ses convives, te tresser des lauriers jusqu'à t'en faire rougir d'embarras. Et, alors qu'elle te rencontre par hasard, elle ne te serre même pas dans ses bras… Viens, tu m'avais promis une visite guidée avant cette interruption.

— C'est vrai. Par ici, suggéra-t-il en dissimulant son émotion.

Il n'avait prononcé qu'une phrase à propos de sa mère, le jour où il avait fait à Lily ses confidences sur la mort de son père. Comme la jeune femme s'imaginait que Majka l'aurait délivré de sa culpabilité, Damir lui avait révélé qu'au contraire elle tenait son fils pour seul responsable.

Et elle s'en était souvenue ! D'où cette antipathie flagrante envers sa mère – qui n'avait rien fait, au demeurant, pour détendre l'atmosphère.

Quelque chose de très agréable, comme une nappe de chaleur réconfortante, se répandit en lui. Il était adulte, il n'avait pas besoin qu'on prenne sa défense, mais… c'était la première fois depuis très longtemps que quelqu'un lui exprimait une loyauté aussi farouche. Un soutien plein et entier.

Au cours de ces deux dernières semaines, chaque fois que Lily le rejoignait, il éprouvait cette sensation curieuse de protection, de bienveillance. Il devenait clair que, en dépit de sa résolution à ne plus s'engager dans le domaine sentimental, sa relation avec Lily allait au-delà d'une simple aventure sensuelle… Et le pire était qu'il n'avait aucune envie que cela change !

Levant les yeux de son ordinateur portable, Damir sourit.

— Bonjour, petite marmotte !

Lily venait d'entrer dans la cuisine, sa chevelure de miel encore ébouriffée par leur nuit, les yeux brillants, et ne portant rien d'autre que sa chemise. Existait-il une vision plus érotique que celle d'une femme dans une chemise d'homme ? Pas pour lui, trancha-t-il en admirant la longueur de ses jambes de sirène.

— Je n'en reviens pas qu'il soit déjà 9 heures, répondit-elle en faisant le tour du grand comptoir de la cuisine pour se hisser sur la pointe des pieds et déposer un baiser chaste sur sa joue.

— C'est moi qui me suis réveillé tôt, dit-il. Et tu avais grand besoin de profiter d'une vraie matinée après toutes ces semaines de travail. C'est à cela que servent les jours de congé, non ?

À la vérité, c'était à peine s'il avait fermé l'œil cette nuit. Après une exquise et langoureuse étreinte, à leur retour, elle s'était endormie, et il n'avait pu détacher les yeux de son visage. Son honnêteté, sa générosité, mais aussi son courage, son enthousiasme, sa force… tout l'émerveillait en elle. Sa grâce, aussi. Il ne se lassait pas de la contempler – et c'était ce qui l'effrayait le plus. Heureusement, Lily n'était ici que pour l'été. S'il souffrait de son départ, si elle lui manquait… tant pis. Seul son cœur était en jeu, dans cette histoire.

— C'est vrai ! s'exclama-t-elle en s'étirant. Et c'est merveilleux !

Elle s'installa à son tour sur un tabouret, face à lui, et enchaîna d'un ton réjoui :

— Pas de réveil aux aurores ce matin ! Pas de grand sourire à me visser sur le visage alors que je dors quasiment debout ! Pas de service de petit déjeuner ! Ne crois pas que je sois en train de me plaindre, bien au contraire, j'adore les clients et mon travail. Je m'amuse bien plus que je ne l'avais jamais imaginé, mais… hier, j'aurais vendu mon âme pour dix minutes de chaise longue !

— Inutile d'aller jusque-là, assura-t-il en prenant une tasse sur le plateau pour la poser devant elle. Tiens, je viens de te faire tout un thermos de café.

— Oh ! quelle merveille ! Tu es un homme fabuleux, tu le sais ?

Joyeusement, elle attrapa une viennoiserie, la posa dans son assiette et se remplit une tasse de café.

— Qu'as-tu prévu de faire aujourd'hui ? demanda-t-il.

— Je ne sais pas. Rien de précis, sinon visiter la ville et aller me baigner. Peut-être faire un peu les boutiques, m'acheter un autre bikini. Une vraie journée de vacances ! Tu pourras te joindre à moi ?

— Malheureusement, non, avoua-t-il.

Il le regrettait profondément.

— J'ai plusieurs réunions avec mes architectes, et une visite d'urgence à effectuer sur le chantier d'un de mes hôtels.

— Oh ! quel dommage…

Elle prit une gorgée de café, parut réfléchir et ajouta :

— En même temps, cela ne me fera pas de mal d'avoir un peu de temps seule pour méditer une idée que j'ai eue en me réveillant.

— Ah ? Quelle idée ?

— Eh bien, je crois que j'ai trouvé ce que je veux faire de l'argent d'Izzy, déclara-t-elle, un large sourire aux lèvres. J'ai envie d'aider les enfants comme elle, et les parents d'accueil comme Janet, sa dernière tutrice, qui a été formidable avec elle durant toute son adolescence. Tu sais, elle a veillé sur des dizaines d'enfants. Certains ne restaient chez elle que pour une nuit ou deux, d'autres y ont vécu des années, comme Izzy. Avant Janet, elle avait été successivement confiée à huit autres familles... Elle est la seule à avoir compris qu'Izzy était ambitieuse et possédait un tempérament de battante. Elle l'a aidée, poussée, encouragée...

— C'est une femme remarquable, affirma-t-il, songeant que sa propre mère en figurait la parfaite antithèse.

Difficile de comprendre pourquoi certains parents traitaient si mal leurs propres enfants quand d'autres étaient prêts à tous les sacrifices pour faire réussir ceux qui n'étaient pas vraiment les leurs.

— Oui, mais je me suis rendu compte que ça ne suffit pas, poursuivit Lily. Une famille d'accueil, même quand elle fait de son mieux, ne peut pas tout offrir à des pupilles. Je pense en particulier aux vacances, à la découverte des pays étrangers. Et je voudrais créer une fondation pour qu'ils viennent à Lokvar. Ils auront le plaisir des vacances, avec la mer, la plage et toutes les activités qui vont avec, tout en découvrant l'exotisme d'une île et de sa végétation si spéciale, la vie insulaire, la richesse touristique de Dubrovnik, la langue croate... Fire Cove est le lieu idéal pour de petits Anglais qui passent les trois quarts de l'année sous un ciel gris, et, si certains veulent apprendre les métiers du tourisme au bed & breakfast, ils pourront effectuer un stage et revenir y travailler plus tard, l'été, pour payer leurs études !

Blême, Damir l'interrogea :

— Mais... qu'en pense Marija ?

— Rien, avoua-t-elle en riant. Je n'ai eu l'idée que ce

matin, je ne lui en ai pas encore parlé… Mais je compte le faire dès demain, quand j'aurai un peu précisé mon projet.

Ignorant le bourdonnement de ses tempes qui l'assourdissait, il s'efforça de sourire avec naturel pour suggérer :

— Écoute, je trouve que c'est une idée excellente. Mais tu n'as pas besoin de la villa de Marija pour la réaliser. Je suis prêt à privatiser l'hôtel et à te confier quelques-uns de mes appartements sur l'île pour que tu y loges ces jeunes gens, avant ou juste après la haute saison. Et je serai enchanté de proposer des stages au café à ceux qui le souhaitent.

— C'est très généreux de ta part, répondit-elle sans enthousiasme. Je ne sais pas si ce serait l'environnement qui convient, mais… Merci, en tout cas.

Il était en train de se demander pourquoi il ne l'avait pas convaincue quand une autre conséquence de ce plan le frappa soudain.

— Mais attends une minute… Si tu supervises toute cette activité, ça veut dire que tu comptes rester à Lokvar ?

Il avait envie qu'elle réponde oui. Et rien ne pouvait le terrifier davantage… Jamais il n'avait envisagé qu'elle puisse prolonger son séjour en Croatie.

— Marija a soixante-dix ans, reprit-il, elle avait besoin d'une année de repos et, si Josip ne veut pas lui succéder, elle devra bien vendre le bed & breakfast. Accepte mon offre, Lily. Tu seras certaine de pouvoir aider ces enfants à long terme.

Le visage fermé de la jeune femme disait assez son échec à la convaincre, constata-t-il.

— Je ne sais pas… Je pourrais racheter moi-même la villa. Je m'y sens chez moi, et c'est un sentiment complètement nouveau, dont je n'avais jamais fait l'expérience.

Même le service du matin ne me dérange pas vraiment. J'aime ce travail. Qu'est-ce que tu en penses ?

S'il avait été un autre, s'il avait cherché une relation sérieuse et stable, s'il était capable de rendre une femme heureuse… Dans ce cas, oui, peut-être qu'il aurait sauté de joie, jugé que c'était la meilleure chose qui puisse lui arriver.

Mais il n'était pas cet homme-là. Il était Damir Kozina, l'homme qui avait juré de posséder Lokvar – et donc Fire Cove, afin d'honorer la mémoire de son père et ses ambitions.

Par conséquent, il ne permettrait pas à la ravissante Anglaise aux yeux bleus qui faisait battre son cœur à coups redoublés de l'éloigner de ses projets par une soudaine fantaisie.

Écartelé par des sentiments contradictoires, il observa :

— En admettant que tu rassembles la somme nécessaire pour acquérir ce qu'il y a de plus cher dans la région : une propriété insulaire dotée d'un grand domaine… Et après ? Comment payeras-tu chaque année les énormes frais d'avion ? Tu l'as constaté, la saison du tourisme est brève, sur Lokvar. Il faut d'autres ressources. Et puis tu n'es ici que depuis quelques semaines en plein été : passe un hiver dans la solitude d'une plage désertée, et tu verras. À l'année, ça peut être usant.

— Oui, tu as sans doute raison, soupira-t-elle en hochant la tête. Ce n'était qu'une idée. Je ferais mieux d'aller prendre ma douche tout de suite !

11.

Enveloppée dans une épaisse et luxueuse serviette, après avoir profité des merveilleux jets de vapeur de la cabine de douche attenante à la chambre de Damir, Lily se sentait merveilleusement bien. Elle avait rattrapé son sommeil en retard et absorbé sa dose indispensable de caféine : elle était prête à remplir sa journée de congé de soleil et de visites !

Son sac en toile était prêt : lunettes de soleil, porte-monnaie, drap de plage et crème solaire. Elle n'avait besoin de rien d'autre et, après avoir enfilé une robe bain de soleil rose framboise, elle se glissa dans ses sandalettes pour descendre à la cuisine et dire au revoir à Damir.

Mais la pièce était vide, et son ordinateur portable avait disparu.

— Damir ? lança-t-elle depuis l'immense couloir du rez-de-chaussée.

Pas de réponse. Intriguée, elle passa dans le salon, admirant encore, au passage, la vue sur la terrasse plantée dominant la ville.

Puis elle poussa la porte du grand bureau qu'il lui avait fait visiter la première fois qu'elle était venue. Vide, lui aussi. Les murs en étaient couverts de bibliothèques en chêne remplies de volumes, hélas rédigés dans une langue qu'elle ne déchiffrait pas…

La table de travail était immense, et elle en fit le tour, jetant un coup d'œil sur les plans d'architectes déroulés sur une longueur d'au moins trois mètres. C'était impressionnant. Elle se serait contentée d'admirer d'un simple coup d'œil la précision de ces dessins en 3D si un détail n'avait pas retenu son attention.

Le cœur battant un peu plus vite, elle s'approcha des croquis représentant un complexe hôtelier ultramoderne, avec une piscine sur le toit, un restaurant orienté vers la mer et une longue terrasse aménagée le long de la plage… Tout au fond de la baie, un club était dévolu à la location de bateaux et aux cours de kayak. Or cette baie, avec son sable et sa situation à proximité du petit port de l'île… Aucun doute n'était permis. Il s'agissait de Fire Cove.

— Lily ? Tout va bien ?

Tandis que le tumulte de ses émotions lui glaçait le sang, elle fit volte-face et vit Damir dans l'encadrement de la porte. En peignoir, les cheveux mouillés, il sortait visiblement de son superbe bassin olympique.

— Tu vas me le dire, répondit-elle d'une voix blanche. Qu'est-ce que c'est que ça ?

Il fit quelques pas dans sa direction.

— Des plans dressés par mon architecte.

— Ne me prends pas pour une idiote…

Une idiote. Elle pouvait être fière que sa voix n'ait pas chancelé, car c'était ce qu'elle était. La reine des idiotes. Tombée la tête la première dans le piège que lui avait tendu Damir.

— Des plans pour quoi ? reprit-elle lentement. Pour Fire Cove, n'est-ce pas ? L'homme d'affaires dont m'a parlé Marija… C'est toi ? Celui qui a lui a offert deux fois la valeur de la villa dans le seul but de la démolir ?

Tu la veux absolument. Tu n'y as jamais renoncé. Et c'est pour ça que tu m'as offert des fleurs, que tu voulais me faire visiter la région, me séduire… Je me trompe ?

Un mystérieux éclat anima son regard sombre. Durant un instant, Lily voulut l'interpréter comme un regret.

— Pas te séduire, répliqua-t-il. Il n'en a jamais été question pour moi. C'est la vérité.

Il n'en fallait pas davantage pour que le nuage rose se dissipe, pour que toute la magie des semaines écoulées s'évapore. En une seconde, son bonheur éclata telle une bulle de savon.

Leur relation n'était rien d'autre que le fruit d'une manipulation finement orchestrée. Par lui. Pour lui. Il s'était servi d'elle alors qu'elle lui ouvrait son cœur comme elle ne l'avait fait avec personne auparavant.

La nausée s'insinua le long de son œsophage, lui évitant de subir trop violemment la douleur qui lui vrillait la poitrine.

— Je m'en vais, lâcha-t-elle. S'il te plaît, ne me contacte plus.

Damir ne dit rien. Du reste, qu'aurait-il pu dire ? Aucune parole ne changerait jamais ce qu'il avait fait. Avec dignité, Lily remonta au premier étage pour ranger sa robe couleur argent, ses escarpins et sa trousse de toilette dans son sac de week-end.

En franchissant le seuil de la villa, elle résista au désir de claquer théâtralement la porte derrière elle. Il lui fallait encore traverser le parc pour atteindre la grille, et…

Oh ! bon sang ! Ce satané portail refusait de s'ouvrir. Plusieurs fois, elle tenta vainement d'actionner la poignée tout en réprimant le sanglot de rage qui menaçait de l'étrangler.

Voilà ce qui lui arrivait quand elle vivait dans l'instant

présent, quand elle voulait se montrer impulsive ! Quand elle voulait s'amuser ! Voilà ce qui se passait quand elle baissait sa garde et qu'elle s'ouvrait aux autres… Sa volonté de changer, de devenir quelqu'un de meilleur, représentait-elle donc *encore* une mauvaise décision ? Aurait-elle mieux fait de rester sagement à Londres ? Était-ce en demeurant fidèle à sa première ambition qu'elle rendrait le plus bel hommage possible à l'existence menée par Izzy ?

Sous un soleil impitoyable, les mains brûlées par le fer forgé de la grille, elle ne put s'empêcher de lâcher :

— Et merde, et merde, et merde…

— Lily ! cria Damir derrière elle.

En se retournant, elle le maudit de l'avoir suivie et, redoutant que les larmes ne lui échappent, elle détourna les yeux.

— Qu'est-ce que tu veux ? tonna-t-elle rageusement. Parce que, si tu es venu pour une autre raison que de me donner le code de sortie, tu t'es déplacé pour rien.

— Écoute, Lily… je suis désolé, murmura-t-il en parvenant devant elle.

À toute vitesse, il avait enfilé un T-shirt et un jean pour courir à sa poursuite. Il était pieds nus, et des taches mouillées imprégnaient le coton de ses vêtements.

— De quoi ? aboya-t-elle. De m'avoir menti ? Séduite ? D'avoir fait semblant de m'écouter quand je te faisais des confidences ? De m'avoir fait croire que je tombais amoureuse de toi ? Je ne pense pas que tu aies les moyens d'être désolé, l'étendue de ton domaine en la matière est bien trop vaste.

Damir déglutit lentement. Chacun de ses mots s'enfonçait en lui avec la précision d'un scalpel. Parce qu'ils sonnaient juste. Atrocement juste.

— Je suis désolé de t'avoir induite en erreur. Sincèrement. Tu as raison, j'ai deviné qui tu étais le jour de notre rencontre et j'ai voulu que nous devenions amis. Je pensais que tu pourrais encourager Marija à accepter mon offre de rachat ou que, en apprenant à te connaître, j'en saurais davantage sur ses intentions. Comme tu n'avais pas accepté ma proposition de te faire visiter l'île, je t'ai fait envoyer des fleurs en espérant que tu changerais d'avis. Mais, Lily…

Il s'interrompit, cherchant la tournure appropriée – qu'il ne trouva pas. Il fallait pourtant poursuivre !

— Lily, reprit-il d'un ton vibrant, tout le reste, cette incroyable étincelle entre nous, non, je ne l'avais pas prévu… Comment aurais-je pu ? Elle me surprend encore. À bien des égards, je te connais à peine, et pourtant tu es à chaque instant dans mon esprit. Ne me demande pas de regretter d'avoir fait l'amour avec toi, parce que depuis longtemps, très longtemps, je n'avais pas partagé quelque chose d'aussi intense avec une femme.

Oh ! bon sang, d'où sortait cette déclaration ? Il n'avait pas l'intention de dire ça, les mots lui avaient échappé. Mais il les pensait. C'était la vérité, et il sentit toute la vulnérabilité de sa position. Une vulnérabilité terrifiante, qu'il devait à tout prix dompter, chasser.

Blême de colère, Lily fit quelques pas vers lui.

— Comment oses-tu me dire ça ?

— Parce que… c'est vrai, balbutia-t-il.

Durant un long moment, elle le dévisagea en silence, et il retint son souffle. Enfin, elle secoua tristement la tête et demanda :

— Pourquoi ?

Damir sentait une lame lui déchirer les entrailles.

— De quoi parles-tu ?

— Pourquoi, Damir ? répéta-t-elle. Tu as déjà tellement. Bien plus que je ne le réalisais au début, et bien plus que ce que tu admettais avoir. Tu es à la tête d'un véritable petit empire, n'est-ce pas ?

— Oui.

— Et pourtant la villa représente tellement à tes yeux que tu es prêt à toutes les compromissions afin de mettre le grappin dessus ?

Un rictus écœuré déforma son ravissant visage.

— Et après ? demanda-t-elle.

— Lily, je…

— Tu obtiens le bed & breakfast, tu le fais raser, tu le remplaces par un énième complexe hôtelier de luxe, tu remplis la plage de privilégiés prêts à payer une fortune pour y séjourner, tu détruis tout ce qui rendait Fire Cove si unique, ce qui faisait son charme, et après ? Ton appétit sera repu ? Ou songeras-tu déjà au prochain projet ? Partiras-tu en quête de ta prochaine proie, une personne naïve à charmer et à presser comme un citron ?

Une nouvelle fois, elle faisait mouche. Il n'avait jamais éprouvé la satisfaction de réussir quelque chose, non… Il était pris dans l'engrenage d'une poursuite sans fin. L'entreprise devait grandir, s'étendre, toujours plus haut, toujours plus loin, toujours plus…

Depuis qu'il avait pris les rênes de l'affaire familiale, à la mort de son père, il se montrait impitoyable. Sa détermination, son ambition paraissaient sans limites. Naturellement, il n'avait jamais enfreint la loi. En revanche, d'un point de vue moral, il se situait dans une zone grise… Et alors, quelle importance s'il était le seul à en assumer les conséquences ? Il payait le prix fort, non ? Sa femme l'avait quitté, sa mère le considérait comme un étranger, ses amis d'enfance, à Lokvar, lui avaient tourné le dos.

Qu'attendait-on de lui ? Qu'il jette ses ambitions aux orties, avec ses engagements vis-à-vis de son père et de son grand-père ?

— Je n'en sais rien, maugréa-t-il.

Encore un mensonge. Il connaissait parfaitement la réponse à la question de Lily. Non, ce ne serait pas assez. Ce ne serait jamais assez.

— Un jour, rappela-t-elle, tu m'as dit que tu avais fait une promesse à ton père. Que tu voulais consolider l'entreprise de façon à obtenir la sécurité dont il n'a jamais bénéficié. Mais que dirait-il s'il te voyait aujourd'hui, en train de poursuivre une expansion aussi agressive ? Tu crois que c'est ce qu'il voulait ?

— Non. Je le sais. C'est exactement ce qu'il voulait.

Visiblement incrédule, elle fronça les sourcils et croisa les bras sur sa poitrine pour insister, une note de défi dans la voix :

— Vraiment ? Il pensait que la fin justifie les moyens ? Il t'aurait félicité d'avoir agi ainsi envers moi ?

Amer, il ne put retenir son rire.

— Mais enfin par qui crois-tu que j'aie été élevé, Lily ? Je suis le fils de mon père. Rien d'autre n'existait, à ses yeux, que l'accroissement de notre parc immobilier. Maintenant, je tiens à ce que tu le saches : je t'apprécie beaucoup, bien plus que je ne le devrais. Mais nous n'avons jamais rien envisagé d'autre qu'une aventure d'été. Je ne vois aucune raison de l'interrompre avant ton départ de Croatie, mais c'est à toi de voir. En ce qui me concerne, je trouve qu'on s'amuse bien. J'ai envie de continuer.

Reculant vivement, comme si elle venait d'être piquée par une guêpe, Lily lui renvoya un regard horrifié.

— C'est vrai, tu t'amusais bien ? rétorqua-t-elle d'un

ton scandalisé. Tu me pardonneras quand même de mettre fin à ta récréation… Ouvre-moi la grille tout de suite.

En passant le portail, elle se retourna pour ajouter :

— Ne t'inquiète pas, je décrirai précisément ton projet à Marija le jour où je lui présenterai le mien. Par souci d'équité. Mais il me semble préférable que nous ne nous revoyions plus. Je ne suis plus d'humeur à m'amuser.

— Si c'est comme ça que tu vois les choses… Au revoir, Lily, lâcha-t-il, conscient de la vanité de ses paroles.

Comme toujours et même sous la pluie, face à elle, la vue était somptueuse, mais Lily y prêtait à peine attention, assise sous le porche, sa tasse de café à la main.

Il fallait sortir de ce marasme. Tourner la page. Et il aurait été tellement facile de redevenir celle qu'elle était à son arrivée. De rentrer à Londres, de retrouver la solitude de son appartement, la solitude de son bureau, la course insipide au grade supérieur, la quête ambitieuse du titre de meilleure avocate de son domaine… Trop facile.

Il était moins aisé d'admettre que l'échec était aussi nécessaire que le succès. Que se cogner au réel faisait partie de l'expérience, et que la rencontre de nouveaux visages, l'exploration de nouveaux chemins, incluait forcément des incidents de parcours. C'était d'ailleurs pourquoi elle avait eu si peur de croquer la vie à belles dents jusqu'alors.

Un jour, en se rappelant cet été et son aventure avec Damir, elle songerait simplement qu'elle avait manqué de chance en tombant sur lui. Que c'était lui qui s'était mal comporté, qu'elle ne devait pas regretter sa naïveté et que, au contraire, elle n'avait rien à se reprocher.

Même si, pour l'heure, elle s'accablait encore de reproches…

— Oh ! Izzy ! Toi, tu n'aurais jamais commis une erreur pareille, soupira-t-elle. Tu savais lire comme dans un livre ouvert en ceux que tu rencontrais. Tu avais un talent pour ça. Qu'est-ce que je vais devenir ? Au moment précis où je tombe amoureuse, tout s'effondre.

Amoureuse, oui. Inutile de le nier. Peu importait si c'était arrivé le soir de la fête, lors de leur première promenade à Dubrovnik ou pendant qu'ils faisaient l'amour sur la plage. À chacun de ces moments, il ne pensait à rien d'autre qu'à mettre la main sur Fire Cove.

— Lily ? lança Ana d'une voix puissante.

À regret, elle se leva.

— Viens à la réception, s'il te plaît ! enchaîna la cousine de Josip. Il y a trois clients qui demandent une anglophone !

— J'arrive, répondit-elle.

Ana devait avoir besoin d'une pause, car elle aurait pu les renseigner, songea-t-elle. Elle parlait l'anglais à la perfection. Mais le travail lui faisait du bien, les sourires des touristes la sauvaient du désespoir. Cependant, la météo ayant annoncé des averses durant tout le week-end, la plupart des pensionnaires étaient partis visiter la ville, et aucun client ne s'aventurait au bar de la plage.

Elle traversa la cuisine, où Antun et Luka s'activaient devant les fourneaux, avant de suivre le couloir et de tomber sur trois visages connus, au milieu du hall.

— Maman ? Josip ? Marija ? Mais… qu'est-ce que vous faites ici ?

Une douce chaleur lui enveloppait la poitrine, et, sans

même attendre la réponse, elle tomba dans les bras de sa mère, avant d'embrasser tendrement sa grand-mère et Josip.

— Nous n'avons jamais eu l'intention de te laisser célébrer toute seule l'anniversaire d'Isabella, expliqua sa mère en lui caressant les cheveux avec émotion. Ana nous a réservé une chambre discrètement…

— Oh ! maman ! s'exclama-t-elle, le cœur empli de gratitude.

Après de longues effusions, elle se mit à babiller joyeusement :

— L'appartement privé de Marija a été nettoyé chaque semaine ! Je vais demander à Luka de monter vos bagages. Vous avez faim ? Bien sûr, que vous avez faim ! Vous allez voir, le chef fait des merveilles. Marija, je vais tout de suite te servir ta limonade préférée… Oh ! que je suis heureuse que vous soyez là !

Ils passèrent le reste de la journée à bavarder, à rattraper le temps perdu. Marija avait mille récits de voyage à faire, et elle en était encore à la Nouvelle-Zélande lorsqu'ils partirent en Méhari faire visiter l'île à la mère de Lily.

Le lendemain, jour de l'anniversaire d'Izzy, ils affrontèrent bravement la pluie pour une excursion à Dubrovnik. Le souvenir de Damir attendait Lily au coin de chaque ruelle du quartier historique, au bas de chaque tour des remparts, mais elle était déterminée à s'en créer de nouveaux avec sa famille.

Le soir, comme la pluie avait cessé, une heure avant le fabuleux dîner concocté par Antun, qui désirait faire honneur aux spécialités de la Dalmatie, Lily alla respirer l'air frais sous le porche de la villa, avant de s'installer sur le banc.

— Tu vas bien ? s'enquit Josip en la rejoignant.

Levant la tête vers lui, elle lui sourit et l'incita aussitôt à s'installer près d'elle, face à la mer.

— Bien sûr. Je me réjouis que vous soyez là.

— Tu avais besoin de nous, répondit-il en toute simplicité, déposant un baiser paternel sur ses cheveux.

— Et toi ? demanda-t-elle. Comment te sens-tu ? Revenir sur les lieux de ton enfance, après tant d'années au loin… Ça doit faire un drôle d'effet.

— Pas tant que ça. Finalement, l'essentiel ne change pas. Surtout sur une île.

Elle sourit et insista :

— Tu n'as pas encore croisé trop de fantômes, alors ?

— Quelques-uns. Mais je suis heureux de leur tenir tête. J'aurais probablement dû le faire plus tôt. La dernière fois que j'étais à Dubrovnik, la peur et la désolation accaparaient la vie des gens. Les entendre aujourd'hui parler des programmes culturels ou des problèmes de circulation, c'est un peu comme un antidote à un poison… Il y a longtemps qu'ils ont tourné la page. J'ai envie de faire comme eux.

Elle admirait sa résilience, mais elle ne put s'empêcher de tourner en dérision la sagesse de son beau-père.

— À t'entendre, c'est aussi facile à dire qu'à faire ! répliqua-t-elle. Tu y arrives si aisément ? D'un claquement de doigts ?

— Bien sûr que non, répondit-il en la dévisageant avec curiosité.

Elle comprit qu'elle en avait trop dit et rougit.

— Lily, je ne veux pas t'obliger à t'épancher si tu n'en as pas envie, mais qu'est-ce qui se passe ? Je te trouve bien silencieuse. Et les cernes sous tes yeux… C'est à cause de Damir Kozina ?

Elle poussa un long soupir.

— Sur Lokvar, un secret ne dure jamais longtemps, dit-elle.

— Ta grand-mère et Ana n'en ont jamais eu l'une pour l'autre, expliqua-t-il.

Elle hésita avant de répondre sobrement :

— Je ne sais pas quoi te dire. Nous étions ensemble, et c'est fini. C'est la vie.

Durant quelques instants, ils restèrent silencieux, à regarder les vagues rouler sur le sable. Enfin, Josip reprit :

— Je me demande à quoi ressemble Damir, aujourd'hui. La dernière fois que je l'ai vu, c'était un petit garçon qui marchait à peine, une détermination farouche dans les yeux.

Lily contempla fixement la plage.

— C'est quelqu'un qui se débat. Qui croit qu'accumuler les succès, les uns après les autres, le rendra heureux. Qui a peur de prendre le temps de se regarder dans la glace...

Elle sourit en ajoutant :

— Il ne m'est pas difficile de le voir, parce que j'ai longtemps été comme lui.

— Son père était comme ça. Dévoré d'ambition. Mais c'était parce que son propre père lui menait une vie impossible... Un homme très dur, éternel insatisfait, exigeant toujours la réussite, n'envisageant l'existence que sous l'angle du combat. L'un et l'autre ont convoité cet endroit. Après la guerre, ils revenaient sans cesse à la charge auprès de ma mère afin qu'elle leur vende Fire Cove. Ils ne voyaient que ce qu'ils pouvaient en tirer, et passaient à côté de l'essentiel.

Même si elle était d'accord avec sa conclusion, Lily sentit le désarroi la gagner.

— Et Damir risque de réaliser le rêve de son père et

de son grand-père, murmura-t-elle avec tristesse. Tu ne veux pas de la charge de la villa, et, même si j'ai songé à l'acquérir moi-même grâce à l'héritage d'Izzy, je n'aurai pas assez.

Son beau-père planta son regard dans le sien et demanda :

— Mais si tu avais l'argent, si tu pouvais la racheter… tu le ferais ? Tu aurais envie de t'installer ici ?

12.

— Oh oui. Je le ferais, répondit Lily sans hésitation.

Elle-même fut stupéfaite par la spontanéité de sa réponse – un authentique cri du cœur.

Josip la considérait avec une certaine surprise. Mais la révélation était lumineuse, relevant de l'évidence.

— Ça, oui, répéta-t-elle, je foncerais ! Naturellement, je devrais diversifier les activités pour assurer la basse saison, il faudrait que j'apprenne le croate, et à naviguer, et à cuisiner pour les cas d'urgence, et à préparer d'autres cocktails que le gin tonic ! Mais je le ferais. Ces deux derniers mois, j'ai rencontré des gens passionnants, et j'ai pris infiniment plus de plaisir à servir des gens sur la plage qu'en découvrant une jurisprudence susceptible de me faire gagner une affaire.

D'un geste ample, elle désigna le paysage autour d'eux et ajouta :

— Sans parler du bonheur incomparable de jouir de ce panorama à toute heure de la journée… Les randonnées dans la forêt, l'escalade des rochers, les infinies variations de la lumière dans le ciel et sur la mer… c'est magique. Enfin, c'est un rêve, je le sais. Marija a bien mérité de prendre sa retraite, et il est indispensable qu'elle puisse compter sur un capital. J'espère seulement qu'elle m'autorisera à rédiger son contrat, lors de la vente, pour empêcher le prochain propriétaire de faire n'importe quoi. Tu me diras que je ne connais pas le droit croate, mais je suis prête à m'y plonger.

Elle avait prononcé ces derniers mots en riant et s'étonna de voir son beau-père la contempler avec gravité.

— Ce que veut ta grand-mère, c'est que sa villa reste dans la famille, et tu es sa famille. Tu es ma fille, Lily. Tu l'es devenue le jour où nous sommes allés te chercher chez tes grands-parents, ta mère et moi. Depuis cet instant, tu m'as toujours rendu fier. J'espère que tu le sais. Si tu veux la villa, elle est à toi. Nous en avons discuté, Marija et moi, et elle est d'accord. Je subodore qu'elle a même mijoté tout ça depuis le début, devinant que tu tomberais sous le charme de Lokvar dès que tu y viendrais. Elle te connaît bien.

Muette de stupeur, Lily garda le silence quelques instants avant de balbutier :

— Mais… et toi ? Tu n'y vois pas d'objection ?

— Moi ? Au contraire. Enfin, j'y mets quand même une condition : tu auras toujours une chambre libre pour ta mère et moi, quand nous viendrons te rendre visite à l'improviste. Maintenant que je me suis décidé à renouer avec mon pays natal, je pense quitter Londres plus régulièrement.

— Toujours, évidemment, promit-elle. Toujours.

Submergée par l'émotion, elle parvenait à peine à croire à sa chance, et elle se jeta dans les bras de son père. Enfin, il se leva et l'embrassa une dernière fois avant d'aller chercher sa femme et sa mère.

Bouleversée par le cadeau de Marija, Lily la serra longuement contre elle, incapable de retenir ses larmes. Grâce à sa grand-mère, une nouvelle vie lui était offerte – une nouvelle voie prometteuse de toutes les opportunités.

Depuis le jour où elle avait franchi le portail de la villa de Damir, l'avenir semblait tellement moins excitant… Fire Cove lui rendait la force et l'espoir. Son cœur blessé se remettait à battre. Oui, avec le temps, elle se remettrait de sa désillusion vis-à-vis de Damir. Quand bien même il lui faudrait de la patience.

— J'ai faim ! geignit sa grand-mère. Et tu m'écrases. On va dîner, oui ou non ?

Au milieu des rires, ignorant ses protestations, Lily serra encore Marija et la couvrit de baisers.

Sur la terrasse, Ana avait disposé des bougies. En bout de table, Lily se leva pour s'adresser à tous les convives, sa coupe de champagne à la main, et sourit à ceux qui avaient parcouru des milliers de kilomètres afin qu'elle ne soit pas seule en cette journée.

Elle connaissait désormais la cruauté de la vie, mais grâce à eux son cœur débordait de gratitude.

— Je vous rassure tout de suite, je ne vais pas me lancer dans un long discours. Je veux juste vous remercier d'être ici ce soir. C'est une chance que je mesure, d'avoir autour de soi les êtres qu'on aime le plus au monde, dans le lieu qu'on préfère sur cette Terre. Je lève mon verre à Izzy et à son souvenir.

— À Izzy ! répondit le chœur des convives.

Lily prit soin, pour respecter la tradition, de trinquer avec chacun les yeux dans les yeux. Sa grand-mère, qui lui souriait comme si elle avait toujours su que l'avenir de Fire Cove s'écrirait avec sa petite-fille, sa mère, avec qui elle se sentait en paix après tant d'années difficiles, Josip, qui lui adressait un regard empli de fierté, Ana, qui avait encore tant de choses à lui apprendre, Luka et Antun, dont l'aide était si précieuse.

Un vertige la prenait lorsqu'elle songeait à l'incroyable virage qu'empruntait sa vie. Aussi savoura-t-elle le champagne, qui ne risquait pas d'accroître son ivresse.

Ils étaient tous en train de déguster l'entrée, de minuscules et merveilleux encornets farcis, quand une silhouette se découpa sur la plage, s'arrêtant devant eux.

La respiration bloquée, Lily contempla Damir. Les mains dans les poches d'un superbe costume gris clair, le menton voilé d'une barbe de douze heures et le regard trahissant une profonde mélancolie, il resta immobile.

— Je suis navré d'interrompre votre repas, dit-il.

Il avait prononcé ces mots avec une décontraction stupéfiante… Alors qu'elle avait l'impression que son cœur saignait et que son estomac se nouait de douleur. Au prix d'un effort surhumain, elle afficha un sourire flegmatique et répondit sur le même ton que lui :

— Mais non, aucun problème. Maman, Josip, tout le monde : voici Damir. C'est lui qui est le propriétaire du gros hôtel près du port.

Si elle ne continuait pas à parler, quitte à dire n'importe quoi, elle craignait de fondre en sanglots, aussi enchaîna-t-elle à l'intention de l'importun :

— Tu veux une coupe de champagne ?

— Non, merci. En fait, je suis avant tout venu pour dire quelques mots. Je peux ?

Sa mère détaillait Damir d'un regard curieux, Josip le considérait avec méfiance, comme s'il s'apprêtait à le mordre au moindre geste déplacé, et Marija tournait vers lui une expression de lassitude ou d'ennui.

Ce fut précisément vers sa grand-mère qu'il se tourna pour commencer :

— Marija, l'an dernier, je vous ai offert deux fois le prix de Fire Cove et vous avez rejeté mon offre. J'aimerais toutefois vous la renouveler aujourd'hui, devant tous ces témoins.

Un vent de consternation générale souffla sur l'assistance, et Lily sentit la lame se retourner impitoyablement dans son cœur. Ce n'était donc pas pour elle qu'il était venu. Non. Encore et toujours cette obsession de racheter la villa !

Elle voulut lui épargner une humiliation inutile : il fallait l'empêcher de poursuivre, sinon, il serait l'objet des rires et de la pitié de l'assistance. Certes, il revenait à Marija de refuser la proposition, mais un bref coup d'œil en direction de sa grand-mère lui fit mesurer l'antipathie que lui inspirait le candidat acquéreur.

— Damir, déclara-t-elle, je ne pense pas que le moment soit bien choisi pour une telle proposition…

Ignorant complètement son conseil, il reprit avec force :

— Je le répète, je souhaite acheter la villa à ce prix. Pour Lily. Pour la fondation qu'elle souhaite y accueillir. Pour qu'elle puisse honorer selon son souhait le souvenir de son amie.

Bouche bée, elle se demanda si elle avait bien entendu… Il comptait lui offrir Fire Cove ?

— Pardon ? bredouilla-t-elle. Tu veux… euh… quoi ?

Le silence qui tomba sur la terrasse et entre les membres de sa famille parut irréel, comme si elle se trouvait dans un film et que quelqu'un avait appuyé sur le bouton pause. Mais la scène se changea soudain en match de tennis, avec les spectateurs qui tournaient la tête d'un côté puis de l'autre, suivant la balle.

— Que le bed & breakfast soit ta propriété, affirma-t-il. Je veux que tu puisses réaliser ton rêve, Lily Woodhouse. Et je serais très heureux que tu me permettes de t'y aider. Je suis confus d'arriver en retard, je suis conscient que c'est une date difficile pour toi. Mais c'est mon cadeau. En mémoire de ton amie. Si tu veux bien l'accepter.

Rien, absolument rien n'avait plus de sens. Pas plus l'arrivée de Damir que les mots qu'il venait de prononcer en présence de son entourage au grand complet.

— Je... Viens avec moi, ordonna-t-elle en faisant signe à Damir de la suivre loin de la terrasse, en direction de la plage.

Dès qu'ils furent hors de vue, Lily s'écria :

— Qu'est-ce que ça veut dire ?

Damir n'avait plus rien à perdre et, sachant que ses explications seraient forcément maladroites, préféra aller droit au but.

— Je t'aime, Lily.

Voilà. Il avait réussi à le dire. Et prononcer ces mots qui sonnaient juste, qui exprimaient exactement la force de ses sentiments, lui rendait une formidable liberté.

— Je sais que nous ne nous connaissons pas depuis très longtemps, et pourtant je le sais avec certitude : je t'aime. Je crois que je l'ai su dès le premier jour, quand je t'ai vue crier de toutes tes forces, sur cette plage.

D'un mouvement de défiance, la jeune femme recula d'un pas et rappela :

— La dernière fois que je t'ai vu, tu semblais certain que pour ta part tu t'amusais.

Il secoua la tête et ne put réprimer un sourire.

— C'est ridicule, oui... Sur le moment, je n'ai rien trouvé de mieux comme mécanisme de défense. Mais c'était à toi que je mentais. Je connaissais déjà la vérité.

— C'est-à-dire ? demanda-t-elle, visiblement peu encline à le croire.

— Que je ne suis pas quelqu'un de bien. Qu'il y a des années que je fuis en me servant de mon travail comme d'un prétexte ou d'un bouclier. Que je veux changer, mais que ça me terrifie parce que, si j'oublie un instant l'homme d'affaires, que reste-t-il ? Qui est Damir Kozina sinon un entrepreneur, un champion de l'hôtellerie locale ? Un homme qui n'a pas été un bon mari, un fils resté prisonnier des désirs sans doute tyranniques de ses parents… Bref, pas quelqu'un de très intéressant.

Il observa un bref silence avant de continuer :

— Je ne veux plus me raccrocher à la vision de quelqu'un d'autre, il faut que je forge la mienne. Tu n'imagines pas à quel point je regrette de t'avoir bernée. Pour autant, je ne peux pas regretter de t'avoir connue, parce qu'avec toi j'ai passé les moments les plus vrais et les plus merveilleux de ma vie. Pas seulement parce que je suis amoureux… Tu me rends meilleur. Tu es intelligente, généreuse, drôle, tu es douce et gaie, tu as un cœur d'or, et ta beauté me trouble chaque fois que je te vois apparaître. Mais par-dessus tout tu es courageuse. Tu ne renonces jamais, tu affrontes l'adversité et tu continues d'embrasser la vie. Je n'ai jamais rencontré quelqu'un d'aussi admirable que toi, Lily. Le matin où tu m'as raconté ton idée pour honorer la mémoire de ton amie, j'ai été bouleversé. Je veux t'aider à la mettre en œuvre.

Elle lui renvoya un regard indéchiffrable et répondit :

— Marija m'a proposé de reprendre la villa, aujourd'hui. Elle me la donne, pour qu'elle reste dans la famille. Il existe une dépendance, dans le jardin, que nous ferons entièrement restaurer afin qu'elle s'y installe, la moitié de l'année, quand elle ne sera pas chez mes parents à Londres. Josip a décidé de revenir régulièrement.

Médusé, il la fixa avec insistance.

— Mais alors… tu vas rester ? Pour de bon ?

— Oui. Qu'est-ce que ça change pour toi ?

— Mais… tout ! Oh ! Lily, laisse-moi acheter la villa à ton nom à Marija : tu pourras rédiger le contrat toi-même si ça te rassure et ta grand-mère aura de quoi vivre une retraite confortable. Vous ferez restaurer la dépendance sans lésiner sur les moyens, et tu consacreras l'héritage de ton amie à ta fondation. Quant au fait que tu vives à l'année ici… Si par miracle, un jour, tu pouvais m'accorder une seconde chance, je serais le plus heureux du monde. Tu crois que c'est possible ?

« Vas-y. Fonce. Arrête de le torturer et de te faire inutilement du mal… Tu en as envie, oui ou non ? »

La voix d'Izzy la poussait à se jeter dans les bras de Damir, dont le visage, d'une pâleur inhabituelle, trahissait l'immense angoisse.

Il était sincère. Indiscutablement.

— Je suis conscient d'avoir commis des erreurs graves, et que je te demande beaucoup, reprit-il d'une voix où perçait l'émotion.

— En effet.

Son cœur battait si fort qu'elle crut qu'il allait exploser.

— C'est beaucoup, reprit-elle, mais diriger en permanence un bed & breakfast et tenter de le rentabiliser à l'année ne sera pas non plus une mince affaire. Refuser l'aide d'un expert serait une erreur tout aussi grave que celles dont tu parles. Et quelqu'un m'a dit que la solitude pouvait être lourde, l'hiver, à Lokvar. Un homme du coin : voilà ce dont j'ai besoin.

Elle sourit en voyant le visage de Damir se métamorphoser, comme l'espoir illuminait ses grands yeux chocolat.

— Je te promets que tu ne le regretteras pas, dit-il en s'approchant pour la prendre dans ses bras, la soulever et la faire tournoyer.

Lily poussa un long cri strident.

— Je sais ! s'exclama-t-elle dès qu'il la reposa et qu'elle put enrouler ses bras autour de son cou. Parce que moi aussi je t'aime, Damir. Et comme je ne donne pas mon cœur aisément, ni au premier venu… il ne me reste qu'à te faire confiance pour en prendre soin.

— Toujours. Je te le jure.

Enfin, il se pencha vers ses lèvres, et elle ferma les yeux pour accueillir son baiser.

— Je t'aime, Lily. Tu peux compter sur moi pour être là et te protéger jusqu'à mon dernier souffle, si tu me le permets. Et je suis prêt à consacrer mon existence tout entière à regagner ta confiance.

— Je t'aime.

En lui rendant son baiser de tout son amour, Lily sut qu'il tiendrait ses engagements. Elle était en sécurité dans les bras solides de cet homme – et elle avait trouvé sa place.

Avec Damir auprès d'elle, tout était possible.

Épilogue

Un an plus tard

Portant le gâteau avec précaution, Lily sortit de la villa et s'arrêta sur le seuil, face à la terrasse privée. C'était presque comme si elle était installée dans une machine à remonter le temps. La scène qu'elle avait sous les yeux semblait exactement la même que celle qu'elle avait vécue un an plus tôt, jour pour jour : la longue table était dressée, et Josip, sa mère, Ana et Marija y étaient attablés, les vestiges d'un succulent repas dans leurs assiettes.

Mais un spectateur attentif aurait repéré quelques modifications, comme au jeu des sept erreurs. Damir était là, à faire rougir sa grand-mère de ses compliments sur sa robe neuve, et à sa droite se tenait Janet, la dernière tutrice d'Izzy, venue célébrer l'anniversaire de la disparue avec les deux adolescents confiés à sa charge, premiers bénéficiaires de la Fondation Isabella Burton. Ils étaient là pour deux semaines de vacances – plus précisément, programme de farniente pour Janet et de jeux de plage pour ses protégés.

— J'espère que ça te plairait, Izzy, murmura Lily. J'ai l'impression qu'ils se plaisent énormément ici, et Tia parle déjà de revenir travailler comme serveuse l'été dès qu'elle aura dix-huit ans. Elle me fait tellement penser à toi ! Elle déborde d'énergie, elle nourrit de grandes ambitions et son intelligence pétille.

Levant un regard plein d'espoir vers le ciel étoilé, elle ajouta plus bas :

— Tu me manques. Tu me manqueras toujours.

Contenant ses larmes, elle se dirigea vers la table, un large sourire aux lèvres, et y déposa le grand gâteau. Antun s'était surpassé, avec son glacis et ses décorations qui firent jaillir des « oooh ! » et des « aaah ! » dans l'assistance. Sans hésiter, elle tendit la pelle à Ana, qui était de loin la meilleure coupeuse de gâteaux de la maison.

— Tu as l'air heureuse, Lily, observa Josip, comme elle reprenait son siège à côté de lui. Heureuse et en pleine forme.

— Pleinement heureuse, oui, déclara-t-elle. Passer tous mes étés ici et l'hiver avec Damir à Dubrovnik est la meilleure décision que j'aie prise de ma vie. J'ai toujours l'intention de rentabiliser la villa à l'année mais, en attendant, ce partage entre la nature insulaire et les charmes de la ville présente tous les avantages. J'apprends le croate et, si j'en crois Damir, je suis une élève plutôt douée en navigation.

— Je ne doute pas que tu découvres toi-même tes talents cachés, renchérit son beau-père. Mais rassure-moi : tu n'as pas de regrets ?

— Oh ! non. Aucun. Je me suis sentie ici chez moi dès que je suis arrivée et je ne peux plus concevoir de vivre ailleurs. J'ai Lokvar et la Croatie dans le sang ! Je me réjouis quand même que Marija ait accepté de faire une dernière saison. Elle m'apprend tellement de choses. Et vous me faites un grand plaisir, maman et toi, en venant si régulièrement nous rendre visite.

— Il m'aura fallu du temps, mais j'ai fini par faire la

paix avec le passé, répondit Josip. Comme toi, Lily. Et tu mérites tout le bonheur du monde.

À cet instant, Ana tendit une part de gâteau au chocolat et à l'orange à Josip, qui consacra toute son attention à la comparer avec celle des deux adolescents. Aussitôt, il protesta vivement, et se plaignit que Tia et Leo bénéficiaient des faveurs de sa cousine. Sa mère se mit à rire, et Ana protesta très sérieusement qu'elle s'était montrée équitable, ce qui déclencha une nouvelle vague d'hilarité...

S'adossant à son siège, Lily savoura cette scène si savoureuse, si simple. Elle avait décidément beaucoup de chance, dans la vie. Elle avait pu s'installer dans un lieu qu'elle adorait, auprès de l'homme qui se rendait chaque jour un peu plus indispensable à son bonheur. Elle exerçait un métier très gratifiant et passait les mois les plus froids de l'année dans l'une des plus belles villes du monde, à profiter de la splendeur de l'architecture et des bienfaits de l'Adriatique. Elle n'imaginait pas une existence plus satisfaisante.

Quand il ne resta plus une miette de gâteau et que les adolescents entreprirent d'aider Ana à débarrasser la table, Damir se leva, rejoignit Lily et, d'un geste de gentleman, lui offrit son bras.

Elle le suivit et le laissa déposer un baiser au creux de son cou.

— Tu m'as manqué, avoua-t-il dès qu'ils furent seuls sur la plage.

Il glissa alors son bras autour de sa taille, et ils poursuivirent leur marche, enlacés.

— Toi aussi, souffla-t-elle. C'est ta faute. Tu ne devrais pas accepter de voyage d'affaires aussi long.

— Je me suis précipité à la maison dès que j'ai pu. Tu veux bien qu'on aille au bout de la plage ?

— Si tu veux.

Il leur arrivait souvent de partir se promener tous les deux, après le repas du soir, et de profiter de la lumière crépusculaire dans la baie ou dans la forêt. C'était le moment de la journée que Lily préférait.

— C'est tellement beau, par ici, dit-elle, comme ils parvenaient dans la partie la plus sauvage de Fire Cove.

Tournant les yeux vers lui, elle sourit et enchaîna avec amusement :

— Je sais ! Je dis ça tous les jours, mais c'est parce que c'est vrai tous les jours !

— Absolument.

— Alors ? Tu es content de ne pas avoir massacré cet endroit pour en faire un horrible complexe hôtelier ? lâcha-t-elle d'un ton moqueur.

— Je ne sais pas, mais j'ai découvert un petit coin que j'ai hâte de te montrer…

Lily fronça les sourcils. Son compagnon paraissait absent, fébrile.

— Tu te sens bien ?

— Mais oui, assura-t-il.

Damir lui prit la main et l'incita à escalader quelques rochers, au bout de la plage. Ils parvinrent alors sur une toute petite bande de sable en retrait, léchée par les vagues. Un peu comme une crique, invisible depuis la baie.

Une délicieuse vague de chaleur monta dans le cœur de Lily. C'était ici qu'ils avaient fait l'amour pour la première fois.

— J'adore cet endroit, chuchota-t-elle en posant une main en visière sur son front, scrutant les bateaux sur la ligne d'horizon.

Elle ferma les yeux, sourit et ajouta :

— C'est notre plage secrète. Rien qu'à nous.

— Oui.

Une nouvelle fois, sa voix trahissait la distraction, et, lorsqu'elle voulut se tourner vers lui, il avait disparu. Non sans stupeur, elle se retourna et le trouva par terre.

— Mais qu'est-ce que tu fais ?

Maladroitement à cause du sable, il avait cherché la stabilité pour s'agenouiller.

— Cela ne te semble pas évident ? riposta-t-il en se mordant la lèvre pour ne pas rire. Non, non, oublie ce que je viens de dire. Je tiens à ce que ce moment soit parfait.

Elle le regarda prendre une grande inspiration et lever vers elle ses grands yeux sombres aux mille éclats d'or. Son visage exprimait la solennité.

— Lily, je t'aime. Tu as inondé mon existence de lumière, et grâce à toi mon âme est toujours remplie d'espoir en l'avenir. Tu fais de moi un homme heureux, au-delà de tout ce que j'aurais cru possible, et mon seul désir est de consacrer toute ma vie à t'aimer, à t'écouter rire, ma seule ambition, de vieillir auprès de toi. Accepterais-tu, Lily Woodhouse, de me faire l'immense honneur de devenir ma femme ?

Ouvrant un écrin de velours, il lui révéla une bague magnifique, au saphir d'un bleu intense serti de diamants, sur un anneau d'or pur.

— Oh ! Damir… Oui, bien sûr, je le veux !

Le sourire par lequel il accueillit cette réponse était enfantin, irrésistible. Émue, elle attendit qu'il se relève.

— Tant mieux, parce que j'ai mis une bouteille de champagne à rafraîchir derrière ce rocher, juste là, et que j'ai très officiellement demandé ta main à Josip et à ta mère ce matin.

Comme elle haussait les sourcils, il enchaîna :

— J'espère que ça ne t'ennuie pas ? C'est une tradition

britannique, mais j'admets qu'elle peut paraître infantilisante pour la principale intéressée et…

— Pas du tout, dit-elle en riant, bouleversée par les attentions de son fiancé. Au contraire, je suis très heureuse que tu aies accordé ce plaisir à Josip. Mais attends une seconde… Ils ont dit oui, n'est-ce pas ? Tous les deux ?

— Après une longue, très longue séance de torture, dit-il en glissant l'extravagant bijou à son doigt.

C'était exactement sa taille, et il étincelait sous la lumière radieuse du soleil couchant.

— Elle est parfaite, murmura-t-elle en se hissant sur la pointe des pieds pour l'embrasser.

— Comme toi, répondit-il en la couvant d'un regard adorateur. Comme toi, ma perfection.

Retrouvez prochainement, dans votre collection

AZUR

L'assistante d'un Grec, de Carol Marinelli - N°4488

Être l'assistante de Galen Pallas durant six semaines ? Pour Roula, la proposition est d'autant plus tentante qu'elle admire l'homme d'affaires. Parti de rien, le génie de la high-tech a bâti un empire ! Seulement, même si tous deux ont grandi sur l'île grecque d'Anapliro, ils n'ont rien en commun. Sauront-ils marier leurs caractères pour collaborer comme il se doit, et surtout faire taire le désir qui brûle entre eux ?

Une innocente sous les projecteurs, de Melanie Milburne - N°4489

Jamais Elizabeth n'aurait dû accepter de se faire passer pour sa jumelle le temps d'un week-end dans le château de Crannochbrae, en Écosse. Qui croirait un seul instant qu'elle est une mannequin lingerie, elle, la timide bibliothécaire ? Face à Mack McDiarmid, le maître des lieux, elle se sent mise à nu. Aurait-il compris d'un seul regard qu'elle n'est pas celle qu'elle prétend ? Alors qu'elle devrait garder ses distances avec lui, Elizabeth se surprend à défier cet homme qui lui témoigne sa méfiance…

L'escapade d'une princesse, d'Annie West - N°4490

Un pion sur l'échiquier de la dynastie, voilà ce qu'est la princesse Ilsa d'Altbourg. Depuis toujours, elle accomplit son devoir royal, assume son rôle d'ambassadrice, dans l'intérêt de son pays et de ses sujets – mais sans jamais penser à elle. Or aujourd'hui elle a besoin d'échapper à ses responsabilités pour vivre, tout simplement. Aussi, quand Noah Carson, l'irrésistible milliardaire qu'elle vient de rencontrer, lui propose une croisière en sa compagnie accepte-t-elle de le suivre pour ce voyage sur les rives du désir…

La proposition d'un Irlandais, de Heidi Rice - N°4491

Embauchée par Conall O'Riordan pour organiser le mariage de sa sœur, Katherine écoute avec stupeur ses exigences. Et dire que durant leur séjour en tête à tête au château de Kildaragh, où aura lieu la réception, elle devra supporter cet homme tyrannique ! Résolue à ne pas se laisser distraire par son physique d'apollon et son aura de virilité, Katie fait son possible pour garder la raison et le contrôle de ses émotions. Car, elle le sait, on ne mélange jamais travail et plaisir…

Une tendre confession, de Julia James - N°4492

Enceinte. La nouvelle est un choc pour Alys, car le bébé qui grandit en elle est celui du sublime inconnu dans les bras duquel elle s'est abandonnée un soir de solitude... Sitôt qu'elle révèle par courrier son état à Nikos Drakis, celui-ci exige qu'elle l'accompagne dans sa villa grecque. Et sur place Alys doit se rendre à l'évidence : l'homme qui lui a fait perdre la tête l'attire toujours autant, même s'il ne lui cache pas son hostilité et son ambition de réclamer son héritier !

L'épouse de Jin Zhang, d'Andrea Bolter - N°4493

Créatrice de mode en herbe, Mimi aime depuis toujours Jin Zhang, le meilleur ami de son frère. Lorsque ce dernier a besoin de son aide pour sauver le label Haute couture de sa famille, il offre soudain à Mimi tout ce dont elle rêve : un travail *et* la chance d'être son épouse ! Si elle accepte avec bonheur cette union de convenance, Mimi ne peut s'empêcher d'espérer qu'elle évolue vers un mariage d'amour...

L'héritier d'Apollo Drakos,
de Jennifer Faye - N°4494

Par amour, Popi a accepté d'être mère porteuse pour sa sœur et son beau-frère. Hélas, quand les futurs parents disparaissent subitement, elle se voit obligée d'élever le bébé seule. En tout cas, c'est ce qu'elle croit jusqu'à ce qu'Apollo Drakos, l'oncle de l'enfant, vienne sur l'île de l'Éternité lui réclamer sa garde ! Malgré leur désaccord et pour le bien du bébé, tous deux tentent de s'entendre, tout en ignorant l'attirance qui grandit entre eux et qui pourrait mettre à mal ce fragile équilibre...

La tentation du Costa Rica, de Pippa Roscoe - N°4495

SÉRIE : *PRÉCIEUX HÉRITAGE* - 1/3

Pour hériter de la propriété familiale, Skye Soames doit retrouver... des diamants disparus ! Un défi qui la mène bientôt chez le milliardaire Benoît Chalendar, installé dans la forêt tropicale du Costa Rica. Celui-ci accepte de l'aider dans sa quête, mais à la condition qu'elle l'épouse ! Auprès de lui, Skye découvre une faune exceptionnelle, des cascades – l'aventure ! Et aussi le frisson du désir...

La brûlure d'une vengeance,
d'Abby Green - N°4496

SÉRIE : *NUITS D'ÉTÉ* - 2/2

Zachary Temple n'a pas oublié les grands yeux bleus d'Ashling Doyle, ni la façon dont elle a tenté de ruiner sa carrière. Quatre ans plus tôt, sans même le connaître, elle l'a humilié publiquement en se faisant passer pour l'une de ses conquêtes ! Aujourd'hui que le hasard l'a remise sur son chemin, il n'a qu'une envie : se venger d'elle. Mais l'attrait puissant qu'il éprouve pour Ashling l'invite à se demander s'il ne pourrait pas d'abord la mettre dans son lit…

Dans le lit d'un roi, de Maya Blake - N°4497

Voilà un an que le roi Lucca est hanté par la douce Delphine, qui a subitement disparu de sa vie et de son lit. Maintenant qu'il est parvenu à la retrouver, il espère la convaincre d'adhérer à son plan. Afin de faire oublier le scandale qui entoure la famille de Lucca, tous deux devront jouer ensemble la comédie de l'amour devant les médias avides de romance ! Et qui sait, en se rapprochant de Delphine, Lucca découvrira peut-être enfin la raison pour laquelle elle est partie…

Le serment d'un été,
de Catherine George - N°4498

Devant la loi, Alicia est toujours l'épouse de Francesco da Luca. Et dans son cœur aussi… Toutefois, elle sait à quoi s'en tenir : le bel Italien qui l'a envoûtée, huit ans plus tôt, n'existe plus. Il a été remplacé par un homme froid et arrogant qui l'a méprisée tout au long de leur vie commune, avant qu'elle décide de s'enfuir. Un homme qui lui demande, aujourd'hui, de revenir à Montedaluca pour régler une question d'héritage. Cette perspective glace Alicia, mais n'est-il pas temps, enfin, de faire une croix sur le passé et de rayer de sa mémoire le seul homme qu'elle ait jamais aimé ?

VOTRE COLLECTION PRÉFÉRÉE DIRECTEMENT CHEZ VOUS

Vous souhaitez découvrir nos collections ? Une fois votre colis de bienvenue reçu, si vous souhaitez continuer à recevoir nos livres, cela se fera automatiquement. Vous n'avez aucune obligation d'achat et cette offre est sans engagement de durée !

Dans votre 1er colis, 2 livres au prix d'un + 1 cadeau

☛ COCHEZ la collection choisie et renvoyez cette page au
Service Lectrices Harlequin – CS 20008 – 59718 Lille Cedex 9 – France

Collections	Prix 1er colis	Réf.	Prix abonnement (frais de port compris)
❑ **AZUR**	4,75€	AZ1406	6 livres par mois 31,49€
❑ **BLANCHE**	7,30€	BL1603	3 livres par mois 24,85€
❑ **HISTORIQUES**	7,30€	LH1202	2 livres par mois 17,49€
❑ **PASSIONS**	7,80€	PS0903	3 livres par mois 26,49€
❑ **BLACK ROSE**	7,90€	BR0013	3 livres par mois 26,79€
❑ **HARMONY***	5,99€	HA0513	3 livres par mois 20,76€
❑ **NORA ROBERTS***	8,90€	NR2403	3 livres tous les 2 mois, prix variable**
❑ **SAGAS***	7,99€	SG2303	3 livres tous les 2 mois 29,46€
❑ **VICTORIA**	7,80€	VI2115	5 livres tous les 2 mois 42,09€
❑ **GENTLEMEN***	7,50€	GT2022	2 livres tous les 2 mois 17,95€
❑ **HORS-SÉRIE***	7,70€	HS2812	2 livres tous les 2 mois 18,45€

*livres réédités / **entre 28,79€ et 31,39€ suivant le prix des livres

F22PDFM

N° d'abonnée Harlequin (si vous en avez un) ____________

Mme ❒ Mlle ❒ Nom : ____________

Prénom : ____________ Adresse : ____________

____

Code Postal : ______ Ville : ____________

Pays : ____________ Tél. : ____________

E-mail : ____________

Date de naissance : ____________

Date limite : 31 décembre 2022. Vous recevrez votre colis environ 20 jours après réception de ce bon. Offre soumise à acceptation et réservée aux personnes majeures, résidant en France métropolitaine, dans la limite des stocks disponibles. Prix susceptibles de modification en cours d'année. Vous pouvez demander à accéder à vos données personnelles, à les rectifier ou à les effacer. Il vous suffit de nous écrire en nous indiquant vos nom, prénom et adresse à : Service Lectrices Harlequin CS 20008 59718 LILLE Cedex 9. Service Lectrices disponible du lundi au vendredi de 9h à 17h : 01 45 82 47 47.